笑って。僕の大好きなひと。

十和

STARTS
スターツ出版株式会社

高校一年の冬休み
ひとつの『嘘』が始まりだった。
苦しくて逃げ出したくて、わたしはその手を握った。
雪が金色に染まる。
すべてが愛しい、と君が笑う。
それは、君が残した七日間の奇跡。

目次

笑って。僕の大好きなひと。

第一章　わたしが消えた日

「冬休みになったら、みんなでバイトしないか？」

幼なじみの翼《つばさ》が突然そんなことを言い出したのは、高校の夏服にもようやく慣れてきた、七月のことだった。

「俺の知り合いがN県のスキー場でレストランをやってるんだけど、年末だけ泊まりこみのバイトが必要らしくてさ。友達にも声をかけてくれって頼まれたんだ」

お弁当の匂いが残る、昼休みの教室。

今日の卵焼きはちょっと固かったな、なんて思いながら弁当箱を片づけていたわたしは、翼の提案に思わず身を乗り出した。

「行きたい！　てか、美那子《みなこ》も行こうよ、ね！　三人で泊まりのバイトなんて、絶対楽しいじゃん」

「そうだね。お父さんに相談してみる」

向かい合わせに座る美那子の腕をつつくと、彼女も乗り気な様子だ。

「じゃあ、決定な。ふたりとも冬休みは空けといてくれよ」

こうしてわたしたち三人組は、その日のうちに親を説得し、晴れて冬休みの約束を交わしたのだった。

六泊七日、旅行気分のアルバイト。しかも……好きな人と一緒だなんて。

小学生の頃から、翼はわたしにとって特別な人だった。彼と過ごす今年の冬休みは、きっと特別なものになる。

うれしくて、待ちきれなくて、冬よ早く来いと願った。夏の花火を見ていても、秋の文化祭でタコヤキを焼いていても、心の中はいつも真冬のゲレンデに飛んでいた。

——だけど。

今となれば、あのときの自分をぶん殴りたい。

約束の冬休み初日。東京駅へ向かう地下鉄の中で、わたしはすでに逃げ出したくなっていた。


「あ、きたきた、環《たまき》〜！」

地下鉄をおりて改札を抜けると、前方からわたしを呼ぶ声がした。笑顔で大きく手を振る美那子の姿。

わたしは肩からずり落ちそうになる大きな旅行バッグをかかえ直し、彼女へと駆け寄った。

「遅くなってごめん！」

「本当だよー。同じ電車に乗ってるはずが、いないんだもん」

「どうせ寝坊だろ」

美那子の横から、すかさず翼が口をはさむ。長い付き合いである彼は、わたしが寝坊魔だということをよく知っているのだ。

「いや、まあ、その通り」

ぽりぽりと頭をかいて苦笑いすると、

「楽しみすぎて昨日寝つけなかったんだよね？」

と、無邪気《むじゃき》に腕を組んでくる美那子。わたしはあいまいに笑い返した。

「とりあえず、早く行こうぜ」

翼が言い、わたしたちは新幹線乗り場の方へ歩きだす。と同時に、するっとわたしから離れる美那子の腕。

一番右側を歩く翼の隣に、ごく自然に美那子がおさまる。そして彼女を間にはさんで、一番左がわたし。

……いつからだろう。三人でいるとき、この並び順が多くなったのは。

入学したばかりの頃は、いつもわたしが真ん中だったはず。それがふと気づくと、彼女とわたしが逆になっていることがあって。最初は「あれ？」と思う程度だったのが、だんだん無視できない頻度《ひんど》になっていって。

そしてつい先日、『翼と付き合い始めたの』と幸せいっぱいに美那子が宣言して以来、この並びは至極《しごく》当然のものになった。

そう、つまりこの状況こそが、わたしが逃げ出したくなっている原因なのだ。

「N県、寒いんだろうなー」

「こないだ買った服、ちゃんと持ってきたか？」

「もちろん」

会話をはずませるふたりから、わたしは少し離れて歩く。

こんなときは、自分のことを畑のカカシだと思いこむことにしている。ただそこに立っているだけの、感情がない存在。

顔は〝へのへのもへじ〟が書いてあるやつがいい。嫉妬《しっと》とか孤独とか余計なものがにじみ出ない、無機質なあの表情がいい。

「翼のコートも、あのとき買ったやつだよね」

「ああ、温くていいんだ、これ」

最近は、この状況にも多少慣れてきた。

自分と翼の間に美那子がいることも。

休日にわたし抜きでふたりが出かけることも。

わたしの知らない話題をふたりが共有することも。

イヤでも目にする光景なのだから、いちいち傷つくより慣れる方が楽だった。

そうしてわたしは少しずつ、あきらめることに慣れていく。

この胸の痛みにも慣れる日が、いつか来るのを待ちながら――。

新幹線の改札口は、行き交う人々で混雑していた。

出張に向かうサラリーマンや、家族旅行らしきファミリーたち。クリスマスを目前にひかえ、そこかしこに赤と緑の飾りつけが施《ほどこ》されている。

そんな中、わたしが目にしたのは予想外の光景だった。

「よぉ、おまたせ。雄大《ゆうだい》」

「雄大くん、おはよう」

翼と美那子がほぼ同時に声を発した。彼らの視線の先には、待ちくたびれた感じで壁際に立っている、ひとりの男の子。

雄大と呼ばれたその人は、翼を見ると「おはよう」と小さく返事した。

「遅れて悪いな。環のバカが寝坊してさ」

翼がわたしを親指で指して言う。初対面の人に〝環〟なんてわたしの名前を言っても、わかんないでしょ。と思ったけど、男の子は普通に「そうなんだ」と答えている。

ていうか、この人は誰なんだ？　どうして普通にここにいるの？

目をパチクリさせるわたしをよそに、美那子が彼に話しかけた。

「雄大くん、荷物それだけ？」

「うん」

「えー、リュック一個だよ!?　少ないね」

「七日分ならじゅうぶんだよ」

もしかして。とはさっきから思っていたけど、その会話で確信した。どうやらこの人もバイトに参加するらしい。

別にかまわないけど、先に教えといてくれたらよかったのに。

「おい、環」

話に置いてけぼりのわたしの方を、やっと翼が向いて言った。

「こいつ、A組の山下《やました》雄大。知ってるか？」

A組の……ということは、同じ学校の一年生なんだろう。そういえば、なんとなく見たことがあるような。

端正《たんせい》といえば端正だけど、おとなしめの顔。高くも低くもない身長。長くも短くもない黒髪。ハッキリ言ってどこにでもいるタイプで、目立つ方では決してない。

すみません、ほとんど知りませんでした。

とは、さすがに言えるはずもなく、わたしは無難《ぶなん》に自分の名前だけを告げた。

「小林《こばやし》環です」

「あ……山下雄大です」

お互い小さく会釈《えしゃく》すると、ビミョウな沈黙《ちんもく》が漂《ただよ》った。助けを求めるように横目で翼を見ると、なぜか翼の唇がニヒィッと横に伸びている。なんだ？

「ねぇねぇ、もう新幹線到着するって」

「マジか。急ごうぜ」

美那子にうながされ、わたしたちはバタバタとホームへと向かった。


東京のビルの合間で窮屈《きゅうくつ》そうにしていた空が、羽を伸ばすように広がっていく。

新幹線の窓越しに移り変わる街並み。ひたすら横へ横へと流れる景色を見ていると、絵巻物のような細長い世界をながめている気分になってくる。

「ドキドキするねー」

通路をはさんだ席に座る美那子が、はあっと息を吐いた。

「旅行なんて久しぶりだもん」

「お前、バイトってこと忘れてるだろ」

「覚えてるよー、もう！」

さっきからやたら耳につく、キャッキャとはずむ美那子の声。翼の方も高揚感《こうようかん》が抑えきれない様子で、いつもより少し早口だ。

……これから七日間、間近であれを見なきゃいけないのか。バイトをキャンセルする勇気がなかった自分を、ますます恨《うら》めしく感じてしまう。

「顔色、悪いけど大丈夫？」

隣に座る雄大くんが、ふいにひかえめな声で尋《たず》ねてきた。〝へのへのもへじ〟を意識していたはずが、つい顔色に出ていたようだ。

「あ、うん。ちょっと寝不足で」

とっさにごまかすと、「俺も」と雄大くんがボソリ。

口数が少なく、表情も乏《とぼ》しい彼とは、どうやっても会話がはずみそうにない。別に無理に話したいとも思わないけど、隣で黙りっぱなしも気まずいものだ。

「雄大くんって何人家族？」

とりあえず質問を投げてみる。もうちょっとマシな話題はないもんか、と自分でも思ったけど、共通項がなさすぎるのだからしかたない。

「うちは四人」

「兄弟いるの？」

「うん。小さい妹が」

「そっかー。いいなあ。わたし、ひとりっ子だもん」

「そうなんだ」

「うん」

「……N県は、初めて？」

お、会話が続いた。無口男子なりに気を遣ってくれてるんだろうか。なんか、すんません。

「ううん、子どもの頃に一度だけ、家族旅行で行ったことがあるんだ」

答えながら、わたしは久しぶりに遠い記憶を掘り起こした。

そうだ、あれはたしか八歳の頃。お父さんの車でN県の田舎町に行ったんだっけ。

今となれば嘘みたいだ。自分たちが家族旅行をするような仲のいい家族だったなんて、最近じゃ信じられないことだから。

別に、父親の借金とか母親の浮気とか、深刻な問題があるわけじゃない。

だけどクダラナイ家族だ、とわたしは思う。

笑い合うことより、文句を言うこと、相手を否定することに力を注いでいる家族。

『あなたと結婚したせいで、わたしは――に会えなかったのよ』

ふいに、お母さんの尖《とが》った声を思い出し、わたしはそれを頭から追い払った。

「雄大くんはN県行ったことあるの？」

「親戚がいるから、何回かは」

「へー。じゃあスキー得意なんじゃない？」

「いや、別に」

「そうなんだ」

「うん」

会話はそこで終了した。やっぱり続かなかったか……。

しばらく押し黙っていると、美那子が通路のむこうの席から声をかけてきた。

「環。昨日言ったやつ、持ってきてくれた？」

「あ、うん」

見せて～！　とせがまれ、わたしはバッグから小さな封筒を出して渡した。なんだなんだ？　と横からのぞきこんだ翼が、

「うおおっ、なつかしいな」

と、封筒の中を見て声をあげる。

「てか、なんでこんなもん持ってきたんだ？」

「わたしが環に頼んだの。新幹線の中でみんなで見たら楽しいかなーと思って」

それは、中学時代にわたしのカメラで撮った写真だった。ざっと数えて五十枚近くはあるだろうか。わたしの中学はスマホ類の持ちこみが禁止だったので、昔ながらの使い捨てカメラで写真を撮るのが一時期流行ったのだ。

「環、ショートヘアだったんだね。似合ってる。ね、雄大くん？」

「うん」

ほとんど無理やり美那子に同意させられる雄大くん。そんなに気を遣わないでください、とわたしは申し訳ない気持ちになる。

美那子たちが写真に夢中になっているので、手持ち無沙汰《ぶさた》なわたしも改めて写真を見返した。

翼とおそろいの赤いハチマキを額《ひたい》に巻いているのは、中一の体育祭の写真だろう。ださいジャージ姿でレンゲ畑を歩いているのは、中二の春の遠足だ。

それから夏休み、勉強会、何気ない教室の日常……。

アナログの写真には独特の温かみがあり、そこに写るわたしや翼の顔は、今より少し幼い。

そして、今より少しは幸せだったんだ。少なくとも、わたしは。

家の中が居心地悪くても、学校に行けば翼がいた。自分の居場所は翼の隣に、ちゃんとあったから。

『俺と環は、男兄弟みたいなもんだよ』

周囲に冷やかされ、そんな風に否定しながらも、翼とわたしはいつもニコイチだった。

そう、いつもふたりだったんだ。高校に入学し、美那子に出会うまでは。

彼女が加わったことで〝ふたり〟が〝三人〟になり、そしてわたしの気づかないうちに、翼はまた〝ふたり〟になっていた。

わたしとじゃなく、美那子の方と。

い聞かせた。

酸素がやけに薄く感じて、きっとトンネルの中にいるせいだと、わたしは自分に言
息が……苦しい。

甲高《かん》い美那子の声が耳にまとわりつく。

「翼、中学からほとんど変わってないね」


ここからスキー場までは高速バスだ。

N駅に到着して電車をおりると、空気が硬く感じられるほどの寒さだった。

「もしもし。うん、ちゃんと着いたよ。ナオはどう？　泣いてない？　……そう、よかった」

家族に電話をかけた雄大くんが、少し離れた場所で話している。

ナオっていうのは、さっき言ってた小さい妹さんのことだろう。無口男子も家では優しいお兄ちゃんらしい。

「あ、もしもし、お姉ちゃん？　わたしー。今駅に着いたから、パパたちにも伝えといてね」

美那子も自宅に電話中だ。わたしんちと違って、みんな家族仲がいいんだなあ。

気にしないふりをして、わたしは駅構内を見回した。

えっと、バス乗り場は……。

慣れない土地の駅ってややこしい。首をひねりながら案内図を見ていると、

「──わっ、何」

突然、翼に腕をつかまれた。

彼の方へ引っ張られ、ぶつかった体の感触に心臓がはねる。

「なあなあ、環」

いつになく、ささやくような口調の翼。息をふくんだ声が、耳にかかる。悔しいけど速くなる鼓動《こどう》を隠して、わたしは「何よ」と翼の顔を見上げた。

少しでもバランスを崩したら、唇が触れてしまいそうな距離だった。動揺《どうよう》するわたしとは裏腹に、翼はどこか楽しそうな表情をしている。

そして、彼が口にした言葉は──。

「けっこうイケメンだろ?」

わたしは目を点にして、「何が?」と尋ねた。

「雄大」

一瞬、意図がわからなかった。なぜ翼がそんなことを言うのか。

けれど、すぐに脳みそが処理を始めて、こめかみのあたりにグワッと血がのぼった。

「あいつ、いいヤツだぜ。ちょっとおとなしいけど、絶対浮気しないだろうし」

「やめてよ」

「照れんなって」

戸惑《とまど》いと怒りと情けなさで火照《ほて》る頬《ほお》を、照れていると勘違いしたのか、翼はやめようとしない。それどころか、

「とりあえず七日間、彼のこと知っていけばいいじゃん」

「美那子……っ」

電話を終えたらしい美那子まで、楽しそうに話に加わってくる。

「雄大くんって絶対、いい彼氏になるタイプだと思うよ」

「ちょっと待ってよ、なんでそんな話になるわけ？」

「えー、だって、ねぇ？」

美那子が翼をちらりと見上げて、意味ありげに笑った。

「環にも、幸せになってもらいたいもん」

「――」

頭にのぼった血が急激に冷えていく。

きっと今、わたしの顔は蒼白《そうはく》だ。けれど浮かれたふたりは、そんなことにも気づかないんだろう。

わたしにも幸せになってほしい？　だから雄大くんと仲良くしろって言うの？　最

初からそのつもりで雄大くんを誘ったの？

見当違いにもほどがある。

わたしが欲しい幸せは、今、美那子が手にしてる幸せなのに……。

「ほら、雄大戻ってきたぞ」

翼がわたしの背中をポンと叩き、それは胸の奥底までズシリと響いた。


バス乗り場へと歩く間、わたしは心ここにあらずだった。

やっぱり、来なければよかった……。頭を占《し》めるのはそんな言葉だけ。

バイトなんて勇気を出して断ればよかったんだ。ふたりの幸せな姿を見なきゃいけない上に、別の男の子をあてがわれ、上から目線で幸せを願われるだなんて吐き気がする。

「もうじき到着だってさ」

バス乗り場で係員の人に教えてもらい、翼が言った。

バスなんか到着しなければいい。今すぐエンジントラブルで止まってしまえばいい。スキー場の雪も溶けちゃって、バイトが中止になればいい。

そんな風に願ってしまうわたしは、おかしいんだろうか？

わかってる。たかが七日間、我慢《がまん》すればいいだけの話。今までだって我慢してきたんだから。

でも。でも……。

はるか前方に高速バスのシルエットが小さく現れ、それは無情にもどんどん大きくなってくる。

あれに乗れば七日間は戻れない。

後戻りは、できない――。

「……ごめん」

言葉が飛び出たのは、ほとんど無意識だった。

「バイト、行けなくなった」

「え？」

「親戚が危篤《きとく》だから帰ってこいって、親からメールが入ってたの」

電源すら入れていないスマホを見ながら、自分でも驚くほど淀《よど》みなく、嘘が口をついて出る。

何言ってんの、わたし。止まれ、言葉。

そう言い聞かすのに、口が動きを止めない。あせればあせるほど後に引けなくなり、心臓は破裂しそうなほど速くなっていた。

「前から入院してた親戚なんだ。急に容態が変わったらしくて。翼、本当にごめん。

バイト約束してたのに」

「え、あっ……いや」

翼が首を横に振る。

「バイトの方は、人数に余裕あるみたいだから大丈夫だと思う。つーかお前、ひとりで帰れるか？」

「うん。平気。ありがとう」

翼の気遣いに、胸がズキッと痛んだ。罪悪感、そしてわずかな安堵《あんど》感が混ざって渦《うず》を巻き、今にも呼吸が止まりそうだ。

バスが到着し、扉が開いた。

気にせず行って、と目でうながすわたしに、翼たちは「気をつけてな」と言い残し、心配そうに乗りこんでいく。

そうして三人を乗せたバスは、嘘つきのわたしを残して去っていった。


帰りの新幹線のチケット、買わなくちゃ。

そう思うのに、わたしの足はその場から動けずにいた。バス停のベンチに腰をかけ、じっと地面を見つめたまま。

どうしよう、わたし。嘘をついてしまった。

自分でもバカなことをしたと思う。でも、どうしてもたえられなかったから……。視界に涙の膜《まく》が張ってきて、それがこぼれないように顔を上げた。行き交う人たちはみんな、わたしと違って幸せそうだ。

排気ガスの混じった冷たい空気が目にしみる。無関心な雑踏《ざっとう》が、わたしをますますひとりにさせていく。

そっとスマホの電源を入れて、自宅の番号を表示した。急に帰ると伝えたら、お母さんはなんて言うだろう。

〝何バカなことしてんの〟

〝絶対行くって自分で言い張ったくせに〟

〝みんなに迷惑をかけるなんて無責任〟

〝あんたみたいなワガママ、社会に出たら通用しないのよ〟

お母さんが言いそうな正論はたくさん思いつく。けれど、わたしを味方してくれる言葉は、ひとつも思い浮かばなかった。

ぽっかりと空いた七日間の空白に、わたしはひとりぼっちで途方に暮れた。

……確かにわたしは、バカだよ。

ガキで、無責任で、ワガママで、弱虫で、肝心《かんじん》なことは何も言えなくて。

だからこんな自分が、大嫌いでしかたないんだよ。嫌いだけど必死で毎日生きてきて、変えられない現実の中、我慢してあきらめてきたんだよ。

こんなわたしの本当の気持ち、わかってくれる人なんてこの世にはきっといないんだ。

やるせない気持ちがこみ上げて、スマホを地面に投げつけた。ガチャン、と音がして、たぶんヒビが入ったっぽい。

「出会わなきゃよかった……」

翼と美那子のいる世界から自分を消してしまいたい。そう思った。

親の声が届かない世界に隠れてしまいたい。そう思った。

ちょうど、そのタイミングだった。

「乗らないんですかー?」

間延びした声が、少し離れたところから響いた。

見ると一台のバスが止まっていて、運転手さんが窺《うかが》うような視線をこちらに向けていた。

わたしはバスに表示された行き先に目をやり、あっ、と小さく声がもれた。その地名に、かすかに覚えがあったから。

『子どもの頃に一度だけ、家族旅行で行ったことがあるんだ』

そう、昔、お父さんの車に乗って行った町。恋の痛みも、友達への嫉妬も、家族の不協和音も知らない……幸せだった頃の思い出の場所。

あの日の記憶が、暗い沼からせり上げてくるようによみがえる。浮かんだ映像の中で、あどけないわたしの笑い声がする。

今よりずっと若い両親の微笑み、そして――。

わたしはカラカラに乾いた喉から、小さな声をしぼり出した。

「……乗り、ます」

あの町に行きたい。唐突《とうとつ》にそう思ったのは、なぜだろう。

重い荷物と、不安定な気持ちをかかえ、わたしはバスに乗りこんでいく。

たかが七日間――されど七日間。

世界が変わるなんて期待はしていなかったけど、ただ、ほんの少しの間だけ、わたしは逃げ出したかったんだ。

第二章　偶然で必然の出会い

子どもの頃はすべてが幸せだった。

と思うのは、さすがに美化しすぎだろうか。

だけど今、目を閉じてよみがえるのは笑顔の記憶ばかりなのだ。

お父さんがいて、お母さんがいて、犬のノアがいた。わたしは幼くて、触れられる世界は小さくて、だけど幸せは手を伸ばさなくてもそこにあった。

じゅうぶんだったのに。あのままで、満たされていたのに。

戻りたい……もう一度、あの頃へ。

幸せだった思い出の場所へ――。


いつの間にか、眠っていたらしい。

運転手さんに呼ばれて目を開けると、バスは終点の停留所に着いていた。乗客はすでにわたしだけだ。

「ありがとうございました」

お金を運賃ボックスに入れて降車する。バスが走り去ると、あたりは風に揺れる木々の音しかしなくなった。

東京とは明らかに違う、内臓まで凍りそうな寒さ。

目の前に広がる田んぼは、夏なら青々とした風景になるんだろう。けれど冬の今は色をなくし、古びた畳を敷き詰めたように見える。

その田んぼと反対側、わたしが立っている細い道をはさんで、くすんだ朱色《しゅいろ》の鳥居がぽつんとたたずんでいる。昔、家族旅行したときにお参りした神社だ。

「……それにしても」

と、わたしは思わずひとりごちた。

こんな田舎に旅行するなんて、うちの親もけっこう物好きだったんだ。観光に向いているとはお世辞《せじ》にも言えない、なんの変哲もない町なのに。

けれど、何もない田舎だからこそ楽しかったのを覚えている。幼いわたしはイマジネーションをフルに使って、自然を楽しんだのだ。

初めて訪れたこの町の、さびれた神社、山の稜線《りょうせん》、迷路のような森――。

そうだ、森！

唐突に思い出した。一番感動した景色のことを。

たしかあの日、わたしたちは森の中を探索したんだった。

そこにはたくさんの種類の鳥たちが住み、きれいな小川が流れていた。ワクワクする森の国で、わたしはチビッコ探検家になり、後ろで転びそうになるお母さんの手を、お父さんが優しく支えてあげていた。

そうして、どのくらい歩いたときだろう。木々に覆われていた視界が、突然、開けて……。

あのときに見た景色は、幼いわたしの心に初めての感動を呼び起こした。息をのんで立ち止まるわたしを囲むように、お父さんとお母さんが寄り添っていた。

誰も言葉を発しなかった。でも、同じ幸せを確かに共有していたんだ――。

唐突によみがえったその記憶は、わたしの胸に温かな火を灯した。

「行ける、かな……」

せっかく、この町まで来たんだ。どうせならあの景色を見たい。

湧き起こる気持ちを抑えられず、わたしは神社のわきの小道を歩き始めた。たしか昔も、ここを通って行ったはずだ。なだらかにカーブする上り坂をしばらく進むと、枝《えだ》分かれしたもう一本の小道が現れた。

未舗装のその道の先には、金網のフェンスが立てられ、むこう側に鬱蒼《うっそう》とした木々が生い茂っている。

間違いない、あそこだ。

フェンスがある以外は昔の記憶通りで、わたしはうれしくなった。

荷物を先に投げ入れ、続いてフェンスをよじ登る。なんだか、わんぱく坊主になった気分。

森の中は光があまり届かないせいか、雪がうっすらと残っていた。

「えっと、どっちだったかな」

行き方なんて当然覚えているわけがないし。

ええい、とりあえず進んでしまえ！　日没《にちぼつ》まで少しは時間があるし、何とかなるさ。

妙《みょう》な高揚感に後押しされ、わたしは歩を進めた。


――が。そんなノリは希望的観測に過ぎなかったと、痛感したときには遅かった。

歩けども歩けども、目的の場所は見えてこない。それどころか、昔遊んだ小川など目印になるものすら一向に現れる気配がなかった。

もうどのくらい歩いただろう……。かなりの距離を移動したはず。雪のせいで足がよけいに疲れて、ふくらはぎはパンパンだ。

わたしは立ち止まり、来た方向を振り返った。そこには当然、道なんてものはなく、樹木が不規則に立ち並んでいるだけ。

三六〇度、同じような景色に囲まれていることに気づき、急に背筋がゾワッとした。

そういえば、空も暗くなってきてる……。

あわてて時刻を確かめようと、バッグからスマホを取り出す。そして、一瞬で血の気が引いた。

スマホの画面は黒く塗りつぶされたように、なんの反応も示さなかったのだ。

「なんで……!?」

サイドのボタンを押したり、画面をタップしても、うんともすんとも言わない。

電池切れ？　ううん、それはない。出かける前に充電をして、新幹線ではずっと電源を切っていたんだから。

「あ……」

もしかして、あのとき――。N駅のバス乗り場で、地面に投げつけたとき。あれで壊れてしまったの？

「嘘っ……嘘でしょっ」

否定してもどうにもならないと、わかっていながら否定してしまう。

外部とつながる術《すべ》を失ったとたん、森は、急に不気味な存在へと姿を変えた。

わたしは無我夢中で走りだした。

「出口……！」

出口はどこ!?　どこに行けばいいの!?

何度も木にぶつかりながら、必死で森の中を駆ける。恐怖で呼吸が浅くなり、酸素が体に回らない。

そうしている間にも、空はどんどん暗くなっていく。

遠くで狼《おおかみ》の遠吠えのような声がした。まさか野犬？　そんな考えが頭をよぎり、鳥肌がたつ。

風が徐々に強さを増し、ごうごうと音が渦巻いている。

こんなに走っているのに、どうして出口が見えてこないの？　わたしは今、どっちを向いて走ってるの？

「――っ」

地面を覆《おお》う溶けかけの雪に、靴底がずるりとすべった。

派手《はで》に転んだその場所は、傾斜《けいしゃ》がきつかったらしい。ザァッ、とか、バキバキッ、とか、いろんな音を響かせながら、わたしは一メートルほど下の岩場に落下した。

「痛……」

思わず声をもらしたものの、折れた木の枝がクッションになったおかげで衝撃はそれほど強くなかった。

むしろ、痛みより苦しさの方がひどい。走りすぎて肺がしびれたようだ。

わたしは倒れたまま、うつろな瞳に空を映した。もう、立ち上がる体力も気力もなかった。

ここは岩場になっているおかげで、見上げた視界は少しだけ開けている。深い湖のような色をした空に、いつの間にか星が瞬《またた》いていた。

そうしていると、意識が徐々にぼんやりしてきて、うるさい風の音も気にならなくなっていった。

……ああ、わたし、死ぬのかな。妙に納得した気持ちで、そう思った。

ほんの七日間だけ消えてしまおうと思ってたのに。もう完全にここで終わるのかな。ていうか、七日間の最後の日ってわたしの十六歳の誕生日じゃん。よりによってこんなタイミングかよ。

『十五、十六の頃なんて、人生で一番いいときなんだぞ』

そんな風にまわりの大人たちは言うけれど、わたしには、ちっともそう思えなかったよ。毎日が息苦しくて、自分が何をすればいいのか、わからなくて不安で……。

「ふふ……」

涙がにじむと同時に、なぜか笑いももれた。こんなときに笑うなんて我ながらおかしいけど。

でも、やっとあの日々から解放されるんだと思ったら、少し救われる気がした。

そういえば、誕生日には自殺する人が増えるって、どこかの国の研究者が言ってたっけ。わたしの死体が見つかったら、これも自殺だと思われるのかな。いや、誰も思わないか。自殺する勇気なんかないし、するほどの深刻な動機もない。

そう、死にたかったわけじゃないの。ただ、逃げ出したかっただけ。

でももうダメみたいだ。全身が沈《しず》むように重くて、意識が遠ざかっていく――。

＊　＊　＊

……まぶたの裏に、白い光が差しこんだ。

ふわふわしたものが、わたしの体を包みこんでいる。ひどく心地がいい。

ここは、天国？　そうか、天国ってこんなに温かいんだ。

なつかしささえ覚えるような安堵《あんど》感に、わたしは身をゆだねて――。

「ん？」

あれ？　おかしいぞ。

死んだにしては、体の感覚がリアルすぎる。全身が筋肉痛だし、転んで打ちつけた背中とお尻が痛い。

わたしはゆっくりと、まぶたを持ち上げた。まぶしい光に何度かまばたきをして、視界の焦点《しょうてん》を合わせる。

「ここ、は……」

どこだ？

ベージュ色の壁が、目の前にある。少し視線を動かすと、こげ茶の木枠に囲まれた窓。まったく見覚えのない部屋。そして。

「これ、は……」

誰だ？

壁の方を向いて寝ているわたしの、背中にハッキリと感じる体温は……。

おそるおそる、わたしは体の向きを変えた。

徐々に移り変わる視界に、まず淡い金色が映る。朝日を浴びてまぶしいほどのそれは、隣で寝ている誰かの髪らしい。

そして、さらに視界を動かすと。

そこに現れたのは、見知らぬ男の寝顔だった。

「ひっ……！」

思わず悲鳴がもれてしまった。口元を手で押さえて飛び起きる。

その気配に気づいたのか「ん……」とまぶたをこすり始める男。

わたしは一目散《いちもくさん》にベッドから飛び降りた。が、下半身がやけにスースーして、ボトムを履いていないことに気づき——。

今度こそ悲鳴が炸裂《さくれつ》するのを抑えきれなかった。

「あ、起きたの？」

そう言って上体を起こした男が、ベッドを下りてこようとしたので、わたしは完全にパニックになった。落ち着けと言う方が無理がある。なにしろ、異性とこんな状況になるのは生まれて初めてなのだ。

しかも、相手は見知らぬ男。その上、どう見てもチャラい金髪。これはもうヤバい匂いしかしない。

とにもかくにも、この無駄にラブリーなお星様柄のパンツを隠さなければ。

「服っ！　わ、わたしの服は」

「ああ、そこに」

男の指さした方を見ると、見慣れた洋服類、そしてバッグがまとめて置いてあった。

わたしは大あわてでボトムに足を通し、荷物を引っつかむと、脱兎《だっと》の勢いで部屋を出た。

「あっ、ちょっと！」

背後で何か叫んでいる気がしたけど、ほとんど耳に入らない。

「右に行くんだよ！」

そんな声を背中に浴びながら、わたしは男の家をダッシュで飛び出した。

いったい、どうなってるんだ。森で倒れていたはずが、どうして見知らぬ男のベッドで、しかも服まで脱いでるの!?

思考が乱れに乱れたまま、緑に囲まれた下り坂をしばらく走っていると、二本の分かれ道にたどり着いた。

わたしは肩で息をしつつ立ち止まる。

どっちに行けばいいんだろう……。遠くに目をこらしても、どちらも同じような山道だ。

『右に行くんだよ！』

さっきの男の言葉を思い出した。あれは、このことを言っていたんだろうか。

信用しても、いいのか……？　まんまと右に行ったら男の仲間が待ち伏せしてた、なんてことにならないだろうか。

そこまで考えて、わたしはフッと自嘲《じちょう》的な笑いをもらした。

滑稽《こっけい》だな。昨夜はもう死んでしまうと覚悟したくせに、いざ生きていたら、またあれこれ心配し始めるなんて。往生際《おうじょうぎわ》の悪い自分に、もはや苦笑いしか出ない。

わたしは半ばヤケクソで腹をくくり、右側の道を歩き始めた。

五分ほど下っていくと、見覚えのある景色が見えてきた。一面の田んぼと、神社の鳥居。バス停もある。

よかった……こっちの道で合ってたんだ。ようやく得られた安堵感で、一気に足取りが軽くなる。

山道の終わりは、こぢんまりとした集落のはずれにつながっていた。

わたしがここに足を踏み入れるのは初めてだ。八歳のとき家族旅行でこの町を訪れた際は、神社や森ばかりで遊んでいたから。

集落には、数件の民家が肩を寄せ合うようにたたずんでいた。おそるおそる探索を始めたヨソ者のわたしを、野良《のら》猫が物珍《めずら》しそうに見つめてくる。

どこからか漂う朝ごはんの匂い。生活の息遣いが聞こえてきそうな、なんとなくなつかしさを感じる町。

しばらく進むと、『民宿たけもと』という看板を掲げた家を見つけた。築五十年を優に超えていそうな、木造の一軒家だ。

へえ、泊まるところもあるのか。前回は日帰りだったから、知らなかったな。

――そんなことを考えながら歩いていたせいだろう。足元の大きな石に気づかなかったわたしは、つま先を引っかけて危うく転びそうになった。

半分倒れかけたところで、どうにかバランスを取って転倒はまぬがれた。ぐらつく体を立て直し、ほおっと息をつく。

気をつけなくちゃ。また昨日みたいに転んだら最悪だ。なにしろ昨日は、雪と泥で全身ドロドロになってしまったんだから――。

あれ？

そこで、ようやく気がついた。汚れたはずの服が、きれいになっていることに。

わずかなシミは残っているけど、明らかに洗ったのがわかる。いい匂いもするし、ちゃんと乾いている。

なんで？　もしかして……あの男が？

「――ねえ、お姉ちゃん」

「ひゃあっ！」

いきなり下から声がして、わたしは飛び上がった。

見ると、小学生くらいのヤンチャそうな男の子が、目を輝かせて立っていた。

「もしかしてお姉ちゃん、お客さん？」

「えっ、何？」

「旅行カバン持ってるし、お客さんだろ？」

「ちょっと……っ」

有無を言わさず手を引っ張られ、家――というか民宿へと連れていかれる。そして玄関を開けた男の子は、元気のいい声を張り上げた。

「ママーあ！　お客さーん！」

「はあー？　嘘つくんじゃないよー」

家の奥から返ってきたのは、若い女の人の声。

「嘘じゃないって！」

「ったくもー」

ドタバタと廊下を歩いてくる音が響く。

「こんな時期に飛びこみのお客さんなんて、いるわけ……あら、いた」

〝いた〟は、当然わたしのことを指しているんだろう。

玄関に現れたその人は、シンプルな黒のカットソーにジーンズという、動きやすそうな服装をした女性だった。それだけなら〝どこにでもいる若いお母さん〟という感じだけど、わたしの視線は別の部分にくぎづけになる。

民宿の雰囲気とは不釣り合いな、ハニーブラウンの巻き髪。目のまわりを黒々と囲ったメイク。存在感を放つつけまつ毛は、うっかり触ったら刺さりそうだ。

いわゆるギャルママというやつだろうか。

自分とは馴染《なじ》みのない人種に、わたしはおどおどした。

「いらっしゃい。ひとり？」

「いや、えっと……」

気まずい展開になってしまった。いくら誤解とは言え、これじゃ冷やかしみたいだ。

言葉を探してまごついていると、その様子からギャルママさんは事情を察してくれたらしい。ごめんね、と彼女の顔に苦笑いが浮かんだ。

「どうやら、うちのバカ息子が無理やり連れてきたみたいだね」

「いえ……」

すみません、と謝ろうとしたときだった。突然、耳を疑うような豪快な音がとどろいた。

ゾウのイビキのようなその音の出どころは、まぎれもなくわたしのお腹。

「すっげえー！」

男の子になぜか尊敬のまなざしを向けられ、わたしの顔は真っ赤に染まる。ギャルママさんも明らかに笑いをこらえているし、恥ずかしさで湯気が出そうだ。

「し、失礼しましたっ」

「あー、ちょっと待って！」

出ていこうとしたところを、ふいにギャルママさんに呼び止められた。

「朝ごはん、一緒に食べてかない？」

「え……？」

「旦那《だんな》が二日酔いで食べないらしくて、あまってんのよ」

「で、でも」

「でももだってもスイカもない！　ほら入って」

それを言うならヘチマでは。と内心突っこんでいるうちに、わたしはギャルママさんと息子さんによって、家の中へと連れていかれた。

どうやら、強引なのは血筋らしい。

十畳ほどの和室に、ふすま一枚分はありそうな木のテーブル。

お客さんがいるときは一緒に食事するから食卓を大きめにしてるの、とギャルママさんは言った。

「遠慮せずに食べて」

戸惑うわたしの前に、おいしそうな朝食が次々に並んでいく。

鮭の塩焼き、ほうれん草のおひたし、根菜の煮物、五穀米、とろろ昆布のすまし汁……。ていねいに作られた和食は、まさにおふくろの味で、彼女がこんな料理を作るなんて意外だった。と言ったら失礼だろうけど。

「すっごく、おいしいです」

「本当？　うれしい。めったにお客さんが来ないから、作りがいがなくてさあ」

そう言ってギャルママさんがケタケタ笑う。

聞けば、最後に旅行客が訪れたのは一ヶ月も前らしい。このあたりは冬場になると川で釣りもできず、スキー場からも遠いため、ほとんどお客が来ないそうだ。

「でも、N県の中では雪が少なくて、いい所なんだよ」

ギャルママさんが少し誇らしげに言って、顔をほころばせる。

朝食をとりながら、彼女はいろんな話をしてくれた。

名前は実里《みのり》さん、年齢は二十八歳。高校卒業と同時に結婚し、この民宿に嫁いだらしい。現在、ふたり目を妊娠中。

そして息子さんはトモくん、わんぱく盛りの小学三年生だ。

「こいつが本当、誰に似たのかヤンチャでさ。こないだも子どもだけで森に入ろうとして、先生に叱られたの」

「あれはサトシが誘ってきたんだよ。クラスで誰が一番勇気があるか決めようぜって」

「人のせいにしない。んなアホなことして、迷子になったらどうすんの？　誰も助けてくれないんだからね」

実里さんたちの会話を聞きながら、わたしのこめかみにタラリと冷や汗が垂れた。

すみません。今まさに目の前に、森で迷子になったアホがいます……。

ああ、それにしても。昨日のわたしは本当に危ない状況だったんだ、と改めて痛感する。今頃天国にいてもおかしくなかったし、おいしい朝食を食べることもできなかったかもしれない。

——あの男が、助けてくれなければ。

そう。きっと彼が倒れていたわたしを運び、汚れた服を洗い、温かいベッドで寝かせてくれたんだろう。

なぜそんなことをしてくれたのかは、わからないけれど。

少なくとも今朝のわたしの態度は、命の恩人に対してひどかった。お礼、言えばよかった……。

「うー。頭いてえ」

気《け》だるげな声がして振り返ると、ひとりの男性が額を押さえながら部屋に入ってきた。

ヒゲを生やしたイカツい顔立ちに、大きなガタイ。コンビニにたむろするひと昔前のヤンキーみたいな、上下おそろいのスウェット。街で目を合わせたら、瞬殺で財布をもぎ取られそうなタイプだ。

そんな彼の視線がこちらに向いたので、わたしは箸を持ったまま固まってしまった。

「ん？　お客さんか？」

「あんたがゴハン食べないから、代わりに食べてもらってたのよ」

すかさず実里さんが言う。どうやらこの男性が、二日酔いの旦那さんらしい。

「お、おじゃましてます」

わたしが頭を下げると、旦那さんは半分しか開いていなかった寝ぼけ眼《まなこ》に、突然パアッと光を灯した。

「ＪＫだ。久しぶりのＪＫだ！」

「……へ？」

突然のハイテンションに唖然《あぜん》とするわたしを、彼はまじまじと見つめてくる。

「ん、もしかしてＪＣ？」

「あ……いえ、Ｋの方、です」

「そうか、やっぱりな！　ＪＫはいいよ、日本の宝だ」

顔を引きつらせるわたしの横で、実里さんが「ごめんね」とため息をついた。

「アホ旦那だけど、一応こいつがオーナー。つっても、こんなボロ民宿だけどね」

実里さんがあきれたように言い、旦那さんは「ＪＫ、ＪＫ」と連呼しながら台所に消えていく。

ノリについていけず「はぁ」と生返事をしながらも、この人たちが悪い人じゃないってことだけは、なんとなくわかった。

実里さんは〝ボロ民宿〟なんて言ったけど、部屋を見ると隅々までよく手入れされていて、彼女がこの民宿を愛しているのが伝わってくる。

そして旦那さんの方も、たぶん妊娠中の実里さんを気遣って、台所の換気扇《かんきせん》の下でタバコを吸っている。

こんなおふたりの子どもだから、きっとトモくんも伸び伸びと育っているんだろう。

幸せそうな家族を前に、わたしは胸が温かく、だけど少しチクッとした。

「ねえ、この町にいつまでいんの？」

トモくんがわたしの袖をつかんで尋ねてきた。聞かれるまでそのことが頭から抜けていたので、言葉に詰まる。

「特に決めてはないんだけど……」

本来ならあと六日、わたしはスキー場でバイトをすることになっているのだ。

「ていうか、もしかしてひとり旅の途中？」

実里さんの質問に、わたしはとっさに「はい」と答えた。

「学校は？」

「冬休みです。うちの高校は二十日が終業式だから」

「そっか〜、いいなあ。わたしも学生の頃、ひとり旅してみたかったんだよね。でも親に許してもらえなくて」

親、という単語を聞いたとたん、鉛《なまり》を飲んだように胸が苦しくなった。

思い浮かぶのは、わたしを否定するばかりの言葉、両親のケンカの声。

帰りたくない。そう思った。まだ、帰りたくない……。

すると、台所から戻ってきた旦那さんから思いがけない提案が飛び出した。

「もし行くところが決まってないなら、ここに泊まっていきなよ。格安にしとくから」

格安という響きに、思わず反応してしまうわたし。恥ずかしながらあまり持ち合わせがないのだ。

「えっと……具体的にはおいくらですか？」

おそるおそる尋ねると、旦那さんの口から出たのは信じられない破格《はかく》の値段だった。

「ＪＫ特別価格で、メシ付き一泊三千円」

「ほっ、本当ですか!?」

「実里、いいよな？」

「ん？　いいよー」

拍子抜けするくらい、あっさりと実里さんが答えた。

「別にひとり分の食事が増えるだけだし。あ、でも普通にわたしたちが食べてるのと同じにするから、期待しないでね」

「じゅうぶんです、ありがとうございます！」

思いもよらない幸運だ。目の前に光が射した気がした。

それは、逃げ道を照らすだけの光だとわかっていたけれど、わたしはまだ逃げていたかった。


昼食は具だくさんの焼きそばをご馳走になった。

野菜は旦那さんの畑で採れたものだ。このあたりの人は兼業農家が多く、旦那さんのムキムキ筋肉も畑仕事の賜物《たまもの》らしい。

わたしは格安で泊まらせてもらう分、せめてものお返しにと、洗い物や掃除を手伝うことにした。「わあ、助かる～」とふくらみかけのお腹をなでながら喜ぶ実里さんに、こちらもうれしくなった。

そして、午後。わたしは今朝下ってきた山道を、再びひとりで歩いていた。

目的地はもちろん、あの家だ。

「あ。あった」

見晴らしのいい山の中腹に、それはぽつんと建っていた。

ペンキが剥げたエンジ色の三角屋根。白い板チョコを張りつけたような木造の外壁。広い庭には草木が乱雑に茂り、パッと見、人が住んでいるようには見えない。

今朝はパニックでちゃんと見ていなかったけど、こんなおうちだったんだ。けっこう大きいな……。

集落から完全に孤立したその一軒家は、古さも相まって、時間が止まっているようにも見えた。雑草を踏みながら庭を歩き、玄関の前にたどり着く。

少しドキドキしながらチャイムを押してみたけれど、音の鳴る気配はなかった。どうやら壊れているらしい。

「ごめんくださーい」

何度か呼んでみても返事はない。自分の声が冬空に吸いこまれていき、無性に心細くなってくる。

わたしは家の外観をぐるりと見回した。たしか、今朝わたしがいた部屋は、玄関から向かって右側だったはず……。

あ、たぶんあそこだな。それらしき部屋の窓を見つけ、おずおずと近づいていった、そのとき。

「何をしてるんだ！」

突然の怒号《どごう》が、空気を割った。弾《はじ》かれたように振り向くと、五十代くらいのおじさんが目を吊り上げ、後ろに立っていた。

「そこを踏むな！」

「えっ？　あっ……」

言われて足元を見る。心なしか土がやわらかい。荒れ地のような庭の中で、わたしが立っている場所だけ雑草が少ない。

そこがなんなのかはわからないけど、とにかくあわてて退《の》いた。

「ご、ごめんなさ……」

「お前、ここで何をしている」

「あのっ……」

「――勝也《かつや》さん」

カタカタッと窓が開いた。見覚えのある金髪が現れる。

「すみません、僕の友達なんです」

ゆったりと笑ってそう言ったのは、今朝の彼だった。

「友達？」

「はい。昨夜から」

ね？　と笑顔がこちらを向いたので、わたしはとっさにうなずいた。友達になった覚えはないけど、せっかく出された助け船だ。

二対一の不利な立場になったおじさんは、大きな舌打ちをすると、踵《きびす》を返して庭を出ていった。ドシンドシンと足音が聞こえてきそうな、乱暴な歩き方。

おじさんがいなくなり、わたしは彼とふたりきりになった。

「また来てくれたんだ」

うれしそうに彼がこちらを見た。幼さの残るその顔は、わたしと同い年くらいだと思う。

「玄関の鍵、開けるよ」

当然のように彼が言ったので、わたしは流されるように家に入ることになった。

今朝と同じ部屋に招き入れられ、最初に目についたのは橙《だいだい》の炎の揺らめき。生まれて初めて見る、薪《まき》ストーブだった。

心地よく温められた室内には、古木でできた棚とベッド。テレビはなく、代わりにあるのはブリキのバケツや、無数の小瓶、赤や青の錆《さ》びたガラス玉――。

はっきり言ってガラクタばかり。

「急に怒鳴られてびっくりしただろ。勝也さん、短気だから」

むくの木の床にペタンと座り、彼が言った。わたしはうなずき、そして疑問に思ったことを尋ねた。

「あの人もここに住んでるの？」

親子、ではないと思う。年齢が離れすぎている気がするし、何より〝勝也さん〟って名前で呼んでいるから。

「うん。この家の持ち主。俺は少しの間だけ泊めてもらってるんだ」

泊めてもらってるということは、この町の人じゃないんだろうか。どこから来たんだろう……。

無意識にそんな好奇心が湧いたのは、たぶん、彼の特別なルックスと、どこか浮世離れした雰囲気のせいもあると思う。

触るとやわらかそうな金色の髪。それとは対照的に真っ黒の瞳は、けれど光の角度によって淡いグレーのようにも見える。

赤ちゃんみたいな小ぶりな鼻に、きゅっと上を向いた口角。

かわいいという形容詞がしっくりくる顔立ちは、同じ学校にいたらさぞかし女子がうるさいだろう。

こんな美少年と同じベッドで寝ていたなんて、今考えると気絶しそうだ。今朝は動転していたから、全然気づかなかったけど……。

あっ、そうだ、それで思い出した。わたしは彼に、お礼を言うために来たんだった。

「あの」

「ん？」

「昨夜は、助けてくれてありがとうございました」

今さらお礼を言うなんて、バツが悪くて声が小さくなっていく。もじもじと両手の指をすり合わせながら話すわたしを、彼は無言で見上げている。

「それから、今朝は失礼な態度をとって、ごめんなさい。突然のことだったから、わたしびっくりして――」

「見てたんだ」

「え？」

「ずっと見てた。君のこと」

わたしは口を開けたまま固まってしまった。

何を、言ってるんだろう……。恋愛ドラマの男女ならまだしも、出会ったばかりの赤の他人が。

すると彼は立ち上がり、おもむろに窓の外に目をやった。つられてわたしも同じ方を見て、「あっ」と声を出した。

山の中腹に建つこの家は、森の一部を見下ろせる位置にあったのだ。そして、昨夜わたしが倒れていたと思われる岩場は、そこだけ木がないため目につきやすい。

つまり、さっきの〝見てた〟という言葉は、この窓からわたしの姿を見たという意味だろう。

「そっか……ありがとう」

――見つけてくれて、ありがとう。

当初の警戒心はすっかり薄れ、代わりに感謝の気持ちが湧き上がった。

意識のないわたしを森からこの家まで運ぶのは、さぞかし大変だったと思う。それに、もし救急車なんか呼ばれていたら、今頃わたしは親のもとへと強制送還《そうかん》されていたはずだ。

見つけてくれたのが彼でよかったと、本当に思った。

改めてお礼を伝えると、彼はニコリと微笑み、「でも」と言った。

「なんで、ひとりで森に？」

痛いところを突かれて、言葉が出てこない。まさか親や友達から逃げ出したあげく、昔の思い出をたどって森に入った、なんて初対面の人に話せないし。

そのとき思いついたのが、実里さんの言っていた〝ひとり旅〟という単語だった。

「えっとね、冬休みのひとり旅で、この町に来たの。子どもの頃、あの森で遊んだ思い出があって……すごくきれいな景色を見たから、もう一度見たいと思って」

我ながら自然な言い訳ができたと思う。

前半は嘘で、後半は本当。ちょっとの真実を混ぜるのが嘘のコツだって、どこかで聞いたことがあるし。

「へえ。それで、その場所は見つかったの？」

「ううん、全然。見つけるどころか迷子になって、昨日のあの状態」

あはは、と彼が笑った。

「じゃあさ、俺が一緒に探してあげよっか」

「え？」

「宝探しは得意なんだ」

ぽんと自分の胸元を叩いて宣言する彼。その丸い瞳は楽しげに輝き、今にも元気よく部屋を飛び出していきそうだ。

誰かに似てる……と思い、すぐに誰だかわかった。そして、今度はわたしの方が笑ってしまった。

「なんで笑うんだよ」

「だって、ワンコみたいな顔するんだもん」

ごふっ、と変な音が彼の口からもれた。

「い、犬？」

「うん。昔うちで飼ってた、犬」

わたしが生まれたときから家にいた、心優しい雑種の中型犬。よく一緒にいたずらをして、お母さんに叱られたっけ。

何をするにも、どこへ行くにも、わたしたちは一緒だった。

美しいクリーム色の毛に顔をうずめると、とびきり幸福な気持ちになれた。背中のほんの一部だけがこげ茶色で、それがたまらなく愛くるしかった。

「……もう、死んじゃったけどね」

愛犬とお別れしたのは、わたしが十歳のとき。いつも隣にあった温もりに二度と触れられないことが信じられず、わたしは学校を三日休むほど泣き暮れたのだ。

思えば、ちょうどあのあとくらいから家族の仲が悪くなっていったんだ。ワンコがいた頃はみんな笑顔で楽しかったのに。

あの子の存在はわたしにとって、遠い日の幸せの象徴《しょうちょう》だ。

「で、何。俺がその死んだ犬に似てるって？」

彼の口元が、心なしかヒクヒクと引きつった。

「うん、似てる。あの子が生き返ったみたい」

「ひどい言われようだな……」

「えー、ほめ言葉なのに」

「ほめ言葉なのかよ」

さすがにワンコに似てると言うのは失礼だったか。

でも、がくりと肩を落とす様子まで叱られたときのあの子に似ていて、わたしはたまらなくなつかしい気分になった。

くすくす笑っていると、彼もつられたように笑顔になり、わたしに尋ねた。

「ねえ、君のことなんて呼べばいい？」

「わたしは、こば――」

小林　環、と本名を答えそうになり、途中で止めた。ひとり旅だと嘘をついている以上、あまり自分の情報を明かしたくないのだ。

「……タマ」

環だから、タマ。これならバレないだろうし、自分でも違和感がなくていい。

「タマちゃんか。タマちゃん。うん、猫だね。ぷぷっ」

あっ、笑いやがったな。そっちだってワンコのくせに。

わたしは少しムッとして、ちょっとした仕返しをしたくなった。

「猫でけっこう。で、そっちのことはなんて呼べばいいの？」

「タマちゃんの呼びたい名前でいいよ」

「じゃあ、ノアにする。さっき言った犬の名前なの」

「え」

彼は一瞬フリーズしたけど、すぐにあきらめたような笑みをこぼし、「どうぞ」と言った。


――〝タマ〟と〝ノア〟。

お互いの素性も名前すらも明かさずに、わたしたちの関係はこうして始まった。

第三章　変わりゆくもの

「タマちゃん、おはよう！」

後光が射している。と反射的に思ってしまったほどの、まぶしい実里さんのスマイル。

いや、実際に彼女の後ろの窓からは、朝陽がさんさんと降り注がれていたのだけど。

「おはようございます。いいお天気ですね」

「こんなに晴れるの久しぶりだよー」

わたしはアクビを抑えながら、実里さんに渡されたお盆を食卓へと運んだ。

『民宿たけもと』で迎える初めての朝。今日で、わたしが逃げ出してから三日になる。

「親御さん、心配してなかった？」

実里さんに訊かれたわたしは、ぎくりとしながらも「はい」と返事をした。

そして脳裏《のうり》に浮かんだのは、昨夜のやり取り――。

＊　＊　＊

「山本タマミちゃん。埼玉県在住。歳は十七歳……高校二年生ね」

昨日の夕食前。わたしが書いたデタラメの情報を、実里さんはなんの疑いもなく読み上げた。

素性を明かしたくないとはいえ、この人たちに嘘をつくのは心が痛んだのも事実だ。

「あれ？　電話番号が抜けてるよ。携帯持ってないの？」

「あるんですけど、壊れてしまって」

「そっか。このあたりには直せる店なんてないしなあ。うちの電話でよければ使ってよ。ここに泊まってること、家族に伝えときたいでしょ？」

「あ……はい。あとでお借りします」

その場はそれで切り上げたものの、夕食のあと、実里さんが廊下にある固定電話の受話器をわたしに握らせ、「遠慮しなくていいからね」と言うもんだから、断り切れなくなってしまった。

……やっぱり、家には電話の一本くらいしておいた方がいいんだろう。自分でもわかっていたことだけど、人から言われるとなおさら罪悪感が湧く。

でも、親になんて言えばいいのかわからない。わたしがバイトをキャンセルしたことを、すでに知っているかもしれないし、もしそうなら、なぜ帰ってこないのかと騒ぎになっているだろう。

連絡をするべき。いや、したくない。

わたしの左右で天秤が激しく揺れて、吐き気すらこみ上げた。

そんなわたしを実里さんが不思議そうに見つめてくる。これ以上ためらっていると、明らかにおかしいと思われる。

わたしは冷たくなった指で、ゆっくりと自宅の番号を押し始めた。気をきかせた実里さんが、その場を離れてくれたことは幸いだった。

近くの浴室からは、旦那さんがシャワーを浴びている音が響いてくる。それに重なるように、耳元では電話の呼び出し音。繰り返すその音が、蛇のようにわたしの喉をしめつけた。

『――小林です』

聞こえてきた声に、心臓が跳ねる。

『ただ今、留守にしております。発信音のあとにご用件をお話しください』

あ……留守電か。張りつめていた糸が、ふっとゆるんだ。

そういえば、今日はお母さんの編み物教室の日だ。お父さんはまだ仕事中だろうし。

ピー、という電子音のあと、わたしは精いっぱいの落ち着いた声で話し始めた。

「えっと、環です。連絡遅くなってごめんなさい。実はスマホが壊れちゃって。でも無事にスキー場に着いてるので、心配しないでください。二十七日に帰ります」

平静を装ったつもりだけど、少し声が震えていたかもしれない。

受話器を置いたとたん、ドッドッドッ、と自分の心臓の音がうるさいくらい聞こえてきた。

しばらくその状態で硬直していると、お風呂から旦那さんが出てきた。

「あ、タマちゃん、家に電話したんだ。お母さんは心配してなかった？」

「はい」

青ざめた笑顔を作り、わたしはまたひとつ、嘘を重ねたのだった。

＊＊＊

「――今日はどこか行くの？」

実里さんの声で、わたしは我に返った。

食卓にはいつの間にか朝食が並べられ、旦那さんとトモくんが瓜ふたつの寝ぼけ顔で座っている。

「今日は、適当にブラブラしてみようかなって思ってます」

「そう。でも森には行かないようにね。子どもが行くと危険だから。って、タマちゃんのこと子ども扱いしてるわけじゃないんだけど」

「はい」

例の金髪の彼のことは、内緒にしといた方がよさそうだな、とわたしは判断した。

なにしろ、わたしたちの出会いは森なのだから。

朝食後、家事の手伝いを終えたわたしは、町へ探索に出かけた。

抜けるような青空と、やわらかい陽光。マフラーが要らないくらい暖かい。今日は絶好のお散歩日和《びより》だ。

こんな日にあてもなく歩いていると、イヤなことが頭から消えていく気がする。世間ではこれを現実逃避って言うんだろうけど。

一時間もすると集落の周辺は歩き尽くし、わたしの足は無意識に、あの家へと続く山道を登っていた。

今日もいるかな……。そう思いながら、庭をのぞくと、

「おはよ、タマちゃん」

庭の切りカブに座った彼――ノアが、お日様にも負けない笑顔で迎えてくれた。

「……おはよう」

「待ってたよ」

なんの臆面《おくめん》もなく放たれた言葉に、胸の奥がむず痒《がゆ》くなる。けれど彼は気にする様子もなく、「座って」と隣の切りカブに目配せした。

わたしはそこに腰を下ろし、きょろきょろと辺りを見回した。

「あの人は？」

「あの人？」

首をかしげたノアに、わたしは歯切れ悪く答える。

「勝也さんっていう人」

「ああ、出かけてるから安心して」

安心して、か。どうやら苦手意識はノアにもバレているらしい。でもあんな風に初対面で怒鳴られたんだから、誰でも苦手になると思う。

「何してたの？」

わたしはもうひとつの切りカブの上に置いてある物を見て尋ねた。一冊の小説らしき本と、小さなノート、そしてペン。

「ちょっとね、字の練習をしてたんだ」

字の練習？

「俺、会話したり読むのは平気なんだけど、書くのは慣れてなくて」

その言葉の通り、ノアは本当に書くのが苦手なようだった。本を見ながら練習したらしい文字は、はっきり言って幼児レベルだ。

でも、字を書くのに慣れていないって、今までどんな生活をしてきたんだろう。ノアはどんな環境で育ったんだろう。おとぎ話から飛び出したような浮世離れした外見も相まって、彼の生い立ちはいまいち想像できない。

聞いてみたいな。

という衝動にかられたけど、それはやめておいた。お互いの本名すら知らない関係なのだし、よけいな詮索《せんさく》は野暮《やぼ》だ。

「特に漢字が難しいんだよな。ちゃんと覚えてるのに、書くとメチャクチャな形になって」

「慣れれば上手《じょうず》になるよ。って、わたしも決してうまい方じゃないけど」

ノアがあまりにも苦戦しているので、わたしは自分にできる範囲でアドバイスをしてあげた。基本的なペンの持ち方から教えてあげると、「本当だ、書きやすい」とうれしそうに言う。

そうして少し練習していると、それなりに見栄えのいい文字が書けるようになってきた。

「上手だよ、ノア」

「マジで？　やった！」

素直すぎる反応に、つい顔がほころんでしまう。おそらくわたしと同年代のはずが、こうしていると子どもみたいだ。

そしてノアはノートの新しいページを開き、大きな文字でこう書きこんだ。

【今日は、いい天気。気もちいいね。タマちゃん】

「ふふ。本当だね」

十二月なのに春が顔を出したような陽気。さわさわと揺れる葉っぱの音色。

やわらかい日差しがノアの頬に注ぎ、うぶ毛が透けてきれいだと思った。

「こんな日は洗濯日和《びより》だよな」

突然ノアがそう言って、洗濯をするために立ち上がったので、わたしも手伝うことにした。

驚いたことに、この家には洗濯機がなかった。今時そんな家庭があるのかとびっくりしたけど、この家の持ち主は変わり者っぽい勝也さんだから、ある意味納得かもしれない。

生まれて初めての、タライで手洗い体験。場所はお風呂場だ。

水の冷たさもあり最初は少し戸惑ったけど、やっているうちに楽しくなってきた。

そういえば子どもの頃は、泥んこ遊びで服を汚すと、お母さんがこうして手洗いしてくれたっけ。

「あ……」

タライの中からふわふわとシャボン玉が飛んだ。七色のそれはまるで遊んでいるようにノアに近寄り、彼の鼻先でパチンと弾けた。

なんだか面白くて、わたしたちは顔を見合わせて笑った。

すすぎまで終われば、あとは脱水だ。もちろん、手でしぼる。濡れたタオルの端と端を、わたしとノアがそれぞれ持って、「せーの！」の掛け声でお互いに逆方向へ腕を回した。ばしゃばしゃーっと勢いよく落ちていく水が爽快だ。

「よし、完了」

すべての洗濯物を終え、達成感でわたしは大きく息を吐いた。

「ありがと、タマちゃん」

「ううん」

ノアも最初にわたしを助けてくれたとき、わたしの服を洗ってくれたんだ。少しでもそのお返しになっていたらいいな。

「タマちゃん、手、赤くなってる」

「え、そう？」

そのとき、ノアがわたしの冷えきった手を握ったかと思うと、そっと自分の口元へと運んだ。

はーっ、と手の甲《こう》に吹きかけられる温かい息。

その動作があまりにも自然だったから、わたしはされるがままだった。彼の優しい表情に、視線が吸い寄せられる。

そして、ハッと気づき、あわてて手を引っこめた。

「ほ、干してくるね。ノアは休んでて」

わたしは洗い終えた洗濯物をかかえ、ドタバタとお風呂場を出た。

ああ……びっくりした。男の子にあんなことをされたのは初めてだ。火照《ほて》った頬を手のひらであおぎながら、どうにか心拍数を落ち着かせる。こんなにペースを乱されて、なんだか自分がバカみたいじゃないか。

でも、とわたしは思った。

不思議だな。ちっともイヤな気持ちにはならないんだ。翼以外の、しかも知り合ったばかりの男の子なのに……。

「あっ」

庭に出たわたしは、洗濯物を干そうとしたところで足を止めた。

勝也さんが立っていたからだ。

彼はわたしに気づく様子もなく、じっと一点を見つめている。そこはちょうど、初対面のときにわたしが『踏むな』と怒られた場所だった。

気配に気づいたらしい勝也さんが、こちらを向く。そしてわたしを見たとたん、その顔にみるみる怒りが浮かんだ。

「なんだお前、まだウロチョロしてたのか」

容赦《ようしゃ》のないセリフに、胃がぎゅっと縮こまった。何か言おうと思うのに、言葉が出てこない。

わたしはいつもこうだ。家でもお母さんに否定されるたび、頭が真っ白になって萎《い》縮《しゅく》してしまう。勝也さんとお母さんは性別も年齢もまるで違うのに、反射的にお母さんを連想して、体が強張《こわば》った。

「誰の許しを得て、この家にいるんだ？　これ以上、俺の視界に入るな」

「……っ」

「目障《ざわ》りだ」

そう吐き捨てて、勝也さんは家の中へ入っていった。

わたしは反論のひとつもできず、呆然と庭に立ち尽くしていた。

……どうして、あんな言い方をされなきゃいけないの。わたしはそこまで悪いことをした？

さっきまでの楽しい気持ちは失われ、抑えていた感情がふくれ上がるのがわかった。

それはわたしの心を侵食し、ヘドロのように汚していく。

『俺の視界に入るな』

「……わたしだって」

誰に聞かすでもなく、声が無意識にもれる。

わたしだって、いたくてここにいるわけじゃない。本当なら今頃、翼たちと一緒に楽しくバイトをしているはずだったんだ。

でも、もうそこにわたしの居場所はなくなってしまったから……。

ああ、ダメだ。どす黒い塊が顔を出してきた。消えろ、消えろ。固くこぶしを握って念じるも、消えるどころか急速にでかくなる黒い塊。

その中に浮かぶのは……彼女の笑顔だ。

『環。わたしね、翼と付き合うことになったの』

なんで？　どうして、翼が選んだのは美那子なの？

幸せそうなふたりを笑顔で祝福しながら、心はいつも叫んでいた。

中学の頃からずっと、わたしが一番翼のそばにいたじゃない。みんなに冷やかされるくらい仲よくて、翼もわたしのこと、少しは特別に思ってくれてたんじゃないの？

美那子だって、わたしの気持ちに少しは気づいてたんじゃないの？

『雄大くんって絶対、いい彼氏になるタイプだと思うよ』

『環にも幸せになってほしいから』

紙くずみたいにクシャクシャにつぶれてた心。本当は、つらかった。

「……つらかったんだよ……っ」

友達の中にも、家族の中にも、自分のいるべき場所なんてなかった。

みじめで、こんな本音は誰にも言えなくて、よけいに居場所がなくなって。

「出会わなきゃよかったんだ……っ！　美那子なんかに出会わなきゃ、翼は今でも……！」

今でも、わたしの居場所だったはずなのに――。

そのときだった。ジャリッ、と砂のこすれる音がして、振り返るとノアがいた。

「あ……」

いつからそこにいたのかは、わからない。けれど、かすかに見張った彼の瞳から、さっきの言葉を聞かれてしまったことは確実だった。

何か言い訳をしなくちゃ。そう思うのに、声が喉にはりついて出てこない。呼吸が浅くなり、胸が苦しくなっていく。

聞かれたくなかった。誰にも聞かれたくなかった。

あんなドロドロの、わたしの感情は――。

「タマちゃん」

そのとき、ノアの表情が和らいだかと思うと、突然目の前が白いもので覆われた。

えっ、何これ？　なんかちょっと冷たいし……！

「一枚忘れてたよ」

視界の外から聞こえた声で、やっと気づいた。白いものの正体は、洗ったばかりのバスタオルだ。

「あ、ありがと……ってか、なんで投げんのよ」

わたしは抗議しながら、視界を覆うタオルを取り去り――そして、息が止まった。

すぐ目の前にノアの顔があったから。

わたしをのぞきこむ、いたずらっ子のような黒い瞳。

「ノ、ア……っ」

思わず、細く息を吸いこんだ。大きく後ろにのけぞったせいで、わたしの体はバランスを崩す。

「危ない！」

その言葉と同時に伸ばしたノアの手が、わたしの腕をつかむ。が、それは被害を拡大させただけだった。

――すってんころりん！

なんてコミカルな言葉を、まさか現実で使いたくなる日が来るとは。

だけど本気でその言葉が似合うほど、わたしは派手に転倒したのだった。しかも、支えようとしてくれたノアを巻き添えに。

「……最悪」

地べたに大の字でへばりついたまま、低く声をもらすわたし。その隣には、同じく大の字がもう一体。

「痛てぇ」

ノアが半笑いの声で言った。

「コントかよ、今の転び方」

「笑いごとじゃない。ノアがびっくりさせるから転んだんだよ」

「えー、俺のせい？」

「あんたのせいだ」

ごめんごめん、と全然悪びれない声で言うノア。

ていうかわたし、この町に来てから転びすぎじゃないか？　せっかく洗ったタオルも汚れちゃったし。勝也さんにこんな姿を見られたら、また何言われるかわかんないし。

最悪だ。そう、最悪のはず。なのに。

隣でノアが楽しそうに、くつくつと笑っているから。

……悔しいなあ、わたしまでつい、顔がゆるんできてしまう。

どうやら、この天真爛漫《てんしんらんまん》男には誰もかなわないらしい。

わたしはとうとう抑えきれなくなり、寝転んだまま肩を揺らして笑った。

「あ、飛行機雲」

仰向けになったノアが、空を見てつぶやいた。わたしたちの真上に広がる鮮やかなブルー。

空が美しいことも、飛行機雲に心躍ることも、最近はすっかり忘れていた気がする。

「イヤなことがあったら、空に向かって大声を出すんだ」

ノアはそう宣言すると、いきなり「あーーーーーっ！」とお腹からの声で叫んだ。

突然の奇行に唖然とするわたしの方に顔を向け、ニッと白い歯を輝かせる。

「ほら、タマちゃんも」

「えええ。わたしも？」

気恥ずかしさと、勝也さんに怒られるんじゃないかという心配でモジモジしていると、「大丈夫だから」と言われた。なんだか知らないけど本当に大丈夫な気になってきて、わたしは肺いっぱいに空気を吸いこんだ。

「あーーーーーっ！」

声が空気を震わせて、それはどこへともなく消えてゆく。ちょうど飛行機雲が空に溶けていくように。

「いいね、タマちゃん」

ノアはOKを出すように親指を立てると、さらに特大の声で叫んだ。わたしも負けじと叫んだ。

「王様の耳はロバの耳ーーーっ！」

「タマちゃんのタマは猫のタマーーーっ！」

なんだそれは。なんなんだ。バカバカしくて、わたしは大笑いしてしまう。

乾いた土の匂い。

やさしい風。

遠くにある太陽。

隣にいるノア。

叫びすぎて、笑いすぎて、胸に詰まっていた黒い塊までどこかに飛んでいったみたいだ。

「スッキリした？」

「うん」

「よかった。じゃあ、行こっか」

どこに？　と尋ねると、ノアは得意げな顔でこう答えた。

「宝探し。タマちゃんが昔見た、きれいな景色を探しに行こう」


まさか再びこの森に入ることになるとは、思っていなかった。一緒に探してあげると昨日言われたことも、すっかり忘れていたし。

また迷子になったらどうしよう。そんな心配が胸をかすめたけど、「俺がいるから大丈夫」と言うノアに根拠《こんきょ》もなく安心した。

本当にノアがいれば大丈夫だと、なぜか信じられた。

森の入り口のフェンスを先に越えて入ったノアは、くるりとこちらを向いて両腕を広げた。

どうやら、あとから入るわたしを受け止めるための姿勢らしい。

「……別に大丈夫だよ。転ばないから」

「タマちゃんが言っても説得力ないよ」

「失礼な」

そもそも、腕の中に飛びこめと言われても飛びこめるわけないじゃん。そんなことしたら、抱き合うような形になってしまう。

だからわたしはノアの腕をよけるように、わざと別の位置に着地した。

そんなわたしを見て、ノアがクスッと笑う。なんだか見透かされている気がして、胸がくすぐったくなった。

『俺がいるから大丈夫』その言葉通り、ノアは迷いのない足取りで森の中を歩き始めた。この町の住人じゃないと思っていた彼だけど、ひょっとしたら案外土地勘があるのかもしれない。

「何か、目印になるものとか覚えてる？」

大きく張り出した木の枝をヒョイとよけながら、ノアがわたしに訊いた。何度も枝にぶつかったり坂でよろけたりするわたしに比べ、彼は自然の中を歩くのがとても上手だ。

「たしか、小川みたいな所で遊んで、そこからそれほど離れてない場所だったと思う」

「小川か。ちょっと範囲が広いなあ」

「だよねえ」

あてにならないわたしの記憶に付き合わすのは、ちょっと申し訳ない気もする。けれどノア自身は至って楽しそう。

わたしたちはとりあえず、小川の下流を目指すことにした。

長い年月をかけて育まれてきた森の中を、ふたりで足並みそろえてゆっくりと歩いていく。地面を踏むたびにザクザクと小気味いい音がして、腐葉土《ふようど》のような匂いが立ちのぼった。

木《こ》の葉のすき間からこぼれる光が、ノアの髪の上で揺れている。

無数の鳥たちのさえずりは、わたしたちを歓迎しているようにも聴こえた。

「あ、これ、見たことあるかも」

しばらく歩いていると、記憶の欠片《かけら》と合致する木を見つけた。

周囲でもひと際目立つその大木は、巨塔さながらの迫力を放っている。地面から盛り上がった太い根っこは、ポパイの腕みたいだ。

そして何より特徴的なのは、根元にぽっかりと空いた洞《うろ》。子どもの体が完全に収まるほど大きい空洞で、八歳のとき『隠れ家だ！』と言って大喜びしたのを覚えていた。

さすがに今はもう入れないけれど、顔だけ入れて中をのぞいたわたしは、あのときと同じ木だと確信した。

空洞の一番奥に、大人のこぶしほどの大きさの石が数個積まれている。あれは、当時わたしがおままごとをして持ちこんだ石に違いない。

「すごい。あの日のままだよ」

おぼろげだった遠い日が、急に目の前に実体化して、わたしは感動した。

ノアが一緒だから見つけられたんだ、なぜかそう思った。

「宝探し、一歩前進だな」

ノアの言葉にうなずく。

わたしたちは意気揚々と再び歩きだし、三十分ほどで小川の下流にたどり着いた。

こけの生えた大小様々な岩の間を、細長く清流が流れている。

水の音を聞いたとたん、わたしはとても喉が乾いていることに気づいた。ついでにお腹の虫も鳴った。もう正午はとっくに過ぎているだろう。

わたしたちはこの場所でひと休みすることにした。実里さんが持たせてくれた昼食をバッグから取り出すと、ノアの目が一気に輝いた。

「おにぎり！」

「多めに作ってもらったから食べてね」

わたしが言い終わるや否や、ノアがおにぎりにかぶりつく。それを微笑ましく見ながらわたしもひと口食べると、絶妙の塩加減が口の中に広がった。

続いてバッグから、温かい麦茶を入れたマグボトルも取り出す。こんなものまで用意してくれるなんて、実里さんはさすがお母さんだと思う。

麦茶は思いのほか熱く、思わずわたしが「あちっ」ともらすと、「さすがタマちゃんだな」とノアがおもしろそうに言った。

タマだから猫舌って言いたいのか。自分だってワンコ男のくせに。

からかわれたわたしは唇を尖らすけれど、それを見つめるノアの瞳はやさしい。

自然の中で食べる昼食は特別においしくて、わたしはお腹と心の両方が満ちていくのを感じた。

結局、その日は目的の場所を見つけることはできなかった。

だけど、ノアと森を探検するだけでも楽しくて、八歳のあの日に帰ったような充実感を得られた。

「ああ、お腹ぺこぺこ」

森の入り口のフェンスを抜け、神社の脇の道を歩きながら、わたしは言った。

ついさっきお昼を食べたばかりの気がするけど、空にはすでに茜《あかね》色の雲が浮かんでいる。遊びに夢中になって時間を忘れるなんて、子どもの頃以来だ。

「タマちゃんって、民宿に泊まってるんだっけ？」

「うん。そこのお母さんがね、見た目ギャルなんだけど、すごい料理がうまいんだ」

今日の夕飯はきりたんぽ鍋だって、実里さんが朝言っていた。鍋と言えば寄せ鍋かキムチ鍋くらいしか食べたことのないわたしは、初めてのきりたんぽ鍋を朝から楽しみにしていたのだ。

それをノアに伝えると、彼は何かを思いついたように足を止めた。

「きりたんぽ鍋なら、セリを入れるとおいしいらしいよ。タマちゃん、ちょっと待ってて」

「えっ、どこ行くの？」

「セリが生えてる場所、知ってるから採ってくる」

すぐに戻るよ！　と言い残し、ピューッと森の方へ再び走っていくノア。

元気だなあ……。わたしはあきれつつ、とりあえずその場で待つことにした。

立ち止まっていると、さっきまであまり気にならなかった寒さが急に身にしみた。山からの吹きおろしの風が、コートの襟口から入ってきて身震いをする。マフラーを部屋に置いてきたことを少し後悔した。

どこからともなく流れてくる、夕焼け小焼けのメロディ。午後五時を知らせる合図らしいその放送は、東京では聞く機会のないものだ。

今、自分がとても遠い場所にいる。それを強く実感した。

「トモくん、そっち行っちゃいけないんだよー」

ふいに女の子の声が聞こえ、わたしはそちらに目をやった。

わたしが立っている道の先に、ふたつの小さな影。ひとりは男の子で、もうひとりは女の子らしい。

男の子の方は、実里さんの息子のトモくんだった。

わたしは、森に行っていたことがバレるとまずいと思い、神社の塀の陰に隠れた。

「もー、トモくん。森に入っちゃいけないって、先生にも言われてるでしょ」

「大丈夫だって」

「ダーメ。ほら、行くよ」

「ちぇー」

女の子に腕を引っ張られ、渋々帰っていくトモくん。「つまんねー」と言いながらも、その声にはどこかうれしさがにじんでいる。

なるほど。トモくんは、あの子のことが好きなんだな。そのかわいらしい光景に、わたしは微笑ましさを感じる。

と同時に、胸がちくりと痛んだ。

……頭をよぎったのは、翼のこと。今のふたりのやり取りが、まるで中学時代の自分と翼みたいだったから。

あの頃、翼が悪さをしようとするたびに、たしなめるのがわたしの役目だったっけ。

それを見た同級生たちが『カカア天下の夫婦だな』と冷やかしてきて。翼は『誰が夫婦だよ』って否定しながらも、いつも隣にいてくれた。

だから、わたしは愚《おろ》かな勘違いをしてしまったんだ……。

そっとバッグを開き、わたしは一番底にしまいこんだ封筒を出した。そして、中の写真の束を手に取る。

カメラのフレームに切り取られ、永遠に止まった時間たち。どの瞬間もまだ、思い出と呼ぶには鮮明すぎる。

大好きだった。

大切だった。

だけど、わたしは逃げ出してしまった――。

胸に突き刺さるような痛みを覚え、キュッと唇を噛んだ、そのとき。

突然の一陣《いちじん》の風が、山頂からゴオッと雪崩《なだれ》のように吹き抜けた。

あっ、と思ったときにはもう、写真は宙を舞っていた。冷たい風が容赦なく襲い、わたしから奪い去るように写真を散り散りにしていく。

追いかけなくちゃ、そう思うのに、なぜか足がすくんで動けなかった。

そんなわたしの真横を、一瞬の閃光《せんこう》のように何かが通り抜けた。

「えっ……ノアっ」

金色の髪が大きく揺れる。茜色の景色の中、そこだけが輝いてまぶしい。

写真を追いかけて走っていく後ろ姿に、わたしは思わず叫んだ。

「い……いいよ！　拾わなくてもっ」

「いいことない！」

間髪入れず返ってきた言葉に、ぐっと喉が詰まる。

木の葉のように舞う写真は、ノアを翻弄《ほんろう》するように何度も彼の手をすり抜けた。

けれど彼は一心不乱《いっしんふらん》にそれらを追いかける。道路に散らばった思い出の欠片を、必死に拾い集めていく。

再び風が吹きつけ、数枚の写真が田んぼの用水路へと落ちた。十二月の今、そこは氷のように冷たいだろう。

だけどノアは寸分の迷いもなく、飛びこんだ。

「ノアっ！」

わたしは用水路のそばへと駆け寄った。

目の奥がなぜか熱い。心臓が暴れている。心がぐちゃぐちゃで、色んな感情があふれ出しそうだ。

「やめて！　もういいの！」

どうせ失った過去なんだから。もう、必要ないものなんだから――。

「じゃあなんで、さっきあんなに大事そうに見てたんだよ！」

初めて聞くノアの怒号に、空気がビリッと震えた。

「大切なものなんだろ！　失くしてもいいなんて言うな！」

「……っ」

唇の間から息がもれて、視界がかすかににじむ。

水の中を駆ける、ざぶざぶという音。別人のように真剣なノアの表情。

なぜ、そんなに必死になるのか。なぜ、わたしのためにここまで。

〝なぜ？〟

――その疑問の答えは、わからない。わからないけれど、きっと。

彼の世界は、わたしの知らないやさしさで満ちているんだろう。

わたしはぐっとこぶしを握りしめ、意を決して用水路に飛びこんだ。

ノアが一瞬目を丸くし、それから、やわらかい笑みを目尻に浮かべる。

「タマちゃんはそっちの方を拾って」

「うん」

膝上まで浸かった水は凍てつくように冷たい。けれど、ほとんど気にならなかった。

胸がいっぱいで、心が震えて、沸騰《ふっとう》しそうなほど熱い血が、わたしの全身を流れていたから……。

いつの間にか、空は夕焼けと夜のはざまの色に染まっていた。

用水路から上がったわたしたちは、疲労感で地べたにへたりこんだ。服は膝どころか上半身までずぶ濡れで、鎧《よろい》を着たように重たい。

「……全部は、拾えなかったかもしれないけど」

拾い集めた写真を、肩で息をしながらわたしに差し出すノア。

水滴がぽたぽたと、彼の服から落ちてゆく。それは地面に水玉模様を描き、じんわりとにじんだ。

水に浸かった写真たちは、すっかりふやけてしまっていた。もう、昔のようにきれいな形には戻らないだろう。

けれど、失くしたわけじゃない。ちゃんと、ここにある。

わたしは写真を受け取り、それを胸に押し当てた。とたんに涙腺がゆるんで、写真をかき抱くように背を丸めた。

「タマちゃん？」

「……っ、わたし……」

嗚咽《おえつ》がもれて、声が変になる。

けれど話したかった。ノアに聞いてもらいたい、と思った。

「わたしっ……変わってしまうことが、つらかったの……っ」

「うん」

しゃくり上げながら話すわたしの言葉は、きっと聞き取りづらいだろう。だけどノアは何度も相づちを打ちながら、耳を傾けてくれている。

「ずっと、好きな人がいて……高校で女友達ができて……最初は三人でいることが楽しかったの……っ。でも、わたしの知らないうちにふたりが付き合ってて……っ。全部、変わっちゃった……失恋したことより……自分たちが変わってしまったことが、つらかった……っ」

高望みをしたわけじゃない。ただ、そのままでいたかっただけ。

なのにどうしてだろう。続いてほしいと願うものほど変わってしまう。

子どもの頃からそうだった。昔は、家族で笑い合えた。お父さんがいて、お母さんがいて、犬のノアがいた。わたしは間違いなく、幸せな子どもだった。

なのに、それはいつの間にか変わってしまった。

両親の仲は悪くなり、ノアも死んだ。

家の中ではいつも神経が張り詰めて、息をしても酸素がうまく吸えなくて。

そんなとき、唯一の居場所をわたしに与えてくれたのが翼だったんだ。

『お前といると楽でいいよ。女子はめんどくせえもん』

『って翼、わたしのこと何だと思ってんの』

『えーっと、男兄弟？』

『おかしいでしょ、それ！』

恋愛とは程遠い関係だったけど、だからこそ隣にいられるのだと思ってた。翼はずっと、彼女なんかいらないんだと思ってた。

バカなわたし。現実はどんどん移り変わるって、知っていたはずなのに。

わたしだけが変われずに、取り残されていた。ひとりぼっちで、必死で、抵抗していた。

「そっか。タマちゃんはそれがつらかったんだね」

「うん……」

うなずいて、けれど、そうじゃないかも、とふと思った。

ああ、そうだ。やっと今、気づいた。

「ううん……本当は」

本当は。何よりも悔しかったのは。

「自分の気持ちを言えない自分が、一番イヤだった……っ」

伝える勇気もないくせに、心の中だけで絶望して。すねて、ごまかして、あげくの果てにこんなところまで逃げてきた。

そう――わたしは翼たちから逃げたかったわけじゃない。

大嫌いな自分から、逃げ出したかったんだ。

すとん、と胸の中心に収まったその答え。認めてしまえば、それはずっと前からわかっていたことのように思えた。

自覚は、きっとあったんだ。だけど認めたくなかっただけ……。

しばらく言葉もなく泣き続け、どのくらいの時間が経っただろう。

わたしは鼻をすすり、長い息を吐いた。同時に涙を一粒こぼすと、まるで雨が止んだように、次の涙はもう出てこなかった。

「……なんか、ごめんね。ノアには関係ないことなのに、聞いてもらっちゃって」

幾分《いくぶん》か落ち着いたわたしは、濡れた頬をふいて照れ笑いのような表情を浮かべた。

ノアは「ううん」と首を振り、そっとわたしの頭をなでる。

「関係なくないよ。もちろん、気持ち全部はわかんないけど、タマちゃんのつらかった想いが伝わってくるから」

……なんて、温かいんだろう。彼の手も、言葉も、瞳も。

わたしをわかってくれる人がいる。ただそれだけのことが、こんなにも温かい。

わたしはゆっくりと手を伸ばし、ノアのこめかみを伝う雫をぬぐった。

「ノア、髪まで濡れちゃったね」

「用水路の中で転んだから」

「わたしのこと言えないじゃん」

「本当だな」

ぶるぶるぶるっ、といきなりノアが勢いよく頭を振り、水滴を四方八方に飛ばした。

「冷たい！」

わたしが叫ぶと、彼がへへっと笑う。屈託《くったく》ないその表情に、心がほっこりした。

ああ、この温もりを、わたしは知ってる。

ひたすら幸福だった子どもの頃、いつも包まれていた感覚だ。

「そろそろ帰らなきゃ、宿の人が心配するよ」

そう言って立ち上がったノアから、すっと差し出された手。

そこに自分の手を重ねると、彼の体温が伝わってくる。わたしの体温も、同じように伝わっているだろうか。

つかんだ手を引き上げられ、わたしも立ち上がった。

自分より少し高い位置にある顔を見上げると、彼の瞳に外灯の光がゆらめいている。

ものすごく至近距離に立っていることに気づき、わたしは少し離れた。

なんだろう……耳たぶが熱い。

「タマちゃんってさ」

ひんやりと心地よい夜風の中、歩きながらノアが言う。

「案外、泣き虫だよな」

「な、なんでよ。ノアの前で泣いたの初めてじゃん」

「そっか。そうだね」

微笑む彼と目を合わすのがなぜか恥ずかしくて、わたしは反対側にそっぽを向いた。

空はもうすっかり暗くなり、ノアの髪みたいな金色の月が輝いている。

――今ここに、君がいてくれてよかった。

噛みしめるような気持ちで、そう思った。

第四章　本当の気持ち

久しぶりだ。こんなに、すっきりとした気分で目が覚めたのは。

「んーっ」と鼻から声を出し、布団の中で伸びをする。昨日動きすぎたせいで筋肉痛があるけれど、それが妙に心地いい。

わたしはベッドから降りて、カーテンを開けた。鏡に反射したような光が射しこみ、目を細める。

ゆっくりとまぶたを持ち上げ、そして感嘆の声をもらした。

夜中に降ったらしい雪が、外の景色を白銀に染め替えていた。

窓を開けると、冴《さ》え冴えとした冷気が入ってくる。寒いけれど不快ではなく、背筋がシャンとする空気。

この部屋は二階なので、遠くの方で雪遊びをする子どもたちの姿も見えた。

今、翼たちがいるスキー場は、毎日これ以上の雪に囲まれているんだろう……。

翼の名前を思い浮かべると、切なさをやっぱり感じるけれど、前までのような重苦しさは伴わない。きっと昨日、泣きまくって少なからず整理できたおかげだ。

「今日でもう、四日目か」

わたしが逃げ出してから、すでにそれだけの時間が過ぎていた。

スマホが壊れているのを言い訳に、いまだ誰とも連絡を取っていない。一昨日の夜、家に嘘の留守電を入れたきりだ。

実里さんに電話を借りてもう一度家に連絡してみようか。そんな考えが浮かぶものの、まだ踏み出せない自分がいた。

理由は、至極単純なもの。

親に連絡すれば、連れ戻されるのが目に見えているから。

けれどそこには、〝家に帰りたくない〟という当初の気持ち以外に、もうひとつ新しい気持ちが芽生え始めているのを、わたしは自覚していた。

朝焼けを映して淡いピンクに色づく雪をながめながら、わたしは白い息をはーっと吐き出した。

……東京に帰ったら、もう会えないのかな。

チリチリと胸がこげるような焦燥感《しょうそうかん》。この感情はなんだろう。

……せめて七日間が終わるまで、この町にいたい。

揺れる金色の髪を、無意識に思い描いていたわたしは、無理やりその映像をシャットアウトした。


「手首をネンザしたのよ!?」

階段を下りていくと、玄関の方から聞き覚えのない金切り声が聞こえてきた。

「昨夜から様子が変だと思っていたら、朝になってこんなに腫れてきて……！　サトシを問い詰めたら、お宅のトモくんに突き飛ばされたって言うじゃないの！」

なんだろう、ただごとじゃない様子だ。わたしは柱に隠れ、そろりと玄関を窺った。

実里さんの背中ごしに、女性が鬼の剣幕《けんまく》でまくしたてているのが見える。その隣では、左手に包帯を巻いた男の子がうつむき加減でたたずんでいた。

「いくら子ども同士のケンカとは言え、突き飛ばすなんてどうかしてるわ！」

「本当に、その通りです……申し訳ありません」

「謝って終わりの問題じゃないでしょう⁉　これだから若い親はダメなのよ！　お宅、どういう教育されてるの⁉　肝心の息子さんを早く連れてきなさいよ！　わたしがルールを教えてあげるから！」

なんなんだ、あのオバサン。詳しい事情はわからないけど、横暴すぎる口ぶりにムカムカしてくる。部外者のわたしでもこうなのだから、きっと実里さんの心中は吹き荒んでいるだろう。

けれど、実里さん本人は至って冷静に頭を下げると、静かな口調で返した。

「息子には、わたしからよく言って聞かせます。そして本人から必ず、サトシくんにきちんと謝罪をさせます。……今日は主人が留守にしておりますので、後日改めてお詫びに伺わせてください」

「な、何よ、その態度っ――」

「サトシくん、本当にごめんね」

食い下がるオバサンから視線を移し、実里さんがやさしい声で言った。

ビクンと肩を一瞬震わせた男の子は、今にも泣きそうな表情で首をブンブン振ると、
オバサンの腕を引っ張る。

「ママ、もう行こうよ。こんなのイヤだよ、俺」

息子に懇願《こんがん》されると、さすがのオバサンもひるんでしまうらしい。彼女は歯ぎしり
を数回すると、ふんっ！　と大きな鼻息を置き土産にして帰っていった。

玄関のドアが閉まったとたん、実里さんの背中から力が抜けたのがわかった。

ほぼ同時に、わたしの足元で床板が小さくきしみ、実里さんがこちらを振り向く。

「あ、タマちゃん。おはよ」

「おはようございます。……あの、大丈夫ですか？」

「見られちゃった？」

「すみません、見ちゃいました」

「あはは。恥ずかしー」

けたけた笑う顔は、いつも通りだ。

わたしの心配そうな気配が伝わったのか、実里さんは簡潔に説明してくれた。

昨日の夕方、トモくんは友達のサトシくんという子とケンカになり、突き飛ばした

拍子にケガを負わせてしまったらしい。普段はとても仲がいい友達だから、こんなことは初めてだそうだ。

昨日の夕方と言えば、わたしも、トモくんが女の子と遊んでいたのを見かけたんだ。話の様子からすると、ケンカはあのあとに起きたと思われる。たぶん、帰り道の途中でその友達に会い、何かトラブルが起きたんだろう。

そういえば夕飯のときも、トモくんは少し元気がなかったっけ。

「よりによって、こんなときに旦那がいないんだもん。まいっちゃうよ～」

実里さんがおどけたように舌を出した。

今朝の早くから、旦那さんは地元青年団の忘年会旅行に出かけているのだ。

旦那さんがいない中、突然の出来事で実里さんも怖かっただろう。わたしだったら、オロオロして何もしゃべれないかもしれない。

「ところで実里さん、トモくんは？」

「まだフテ寝してる。とりあえず、朝ごはんにしよっか。匂いにつられてトモが起きてくるかもしんないし」

実里さんの予言通り、わたしたちが朝食をとり始めて三分もすると、ふすまの扉のむこうに小さな頭がソーッと現れた。

今朝のメニューは手作りのパンにベーコンエッグ、具だくさんのクラムチャウダー。

どれもこれも、いい匂いがするものばかりだ。

「おはよ、トモ」

　実里さんが声をかけると、一瞬ビクッと反応する小さな頭。それから、のろのろとトモくんが部屋に入ってくる。

「食べな」

「……いただきます」

　ひどくバツの悪そうな顔で、トモくんは朝食を口に運ぶ。明らかに落ちこんでいるものの、ちゃんと完食したのはさすがだ。

　全員がほぼ同時に食べ終わると、実里さんは静かな口調でトモくんに尋ねた。

「トモ。何があったの？」

「………」

　トモくんが両膝をかかえて黙りこくる。

　なぜか無関係のわたしまで、その場の空気に胸がぎゅうーっと苦しくなった。なんだろう、この重苦しい感じ。

　あ、そうか。わたし、お母さんのことを思い出してるんだ。

　うちのお母さんはこういうとき、ぐうの音も出ないほどわたしを否定する。『環のために言ってるのよ』とお母さんは主張するし、確かに正論なのだけど、わたしは自分の気持ちが置いてけぼりにされて、もう何も言えなくなってしまう。

あの感じを今、思い出しているんだ。

こんな場面に居座るのも悪いと思い、わたしはキッチンで三人分の食器を洗うことにした。

カチャカチャという食器の音と流水音が鳴る中、実里さんの声が後ろから聞こえてくる。

「トモはきっと今、詳しいことは言いたくないんだろうね。けど、ママもやっぱり気になるし心配だよ」

「………」

「話してくれたら、ちょっと安心すると思うんだけど」

「……怒らない?」

「それはわかんない。でも、トモが何をしたかっていうことより、トモが何に悩んでるかを知りたいって、ママは思ってるよ」

「……サトシに」

消え入りそうな声で、トモくんが話し始めた。

「サトシに、昨日マナちゃんと遊んだ帰りに偶然会って。そのとき、あいつが俺に訊いてきたんだ。その……俺がマナちゃんのこと好きなんだろって」

「うん」

「でも、マナちゃんとサトシは両想いだから、俺には勝ち目なんてないんだ。だから俺、好きじゃないって言ったのに、サトシがしつこくて……。正直に言えって何回も言ってくるから、俺、頭にきてあいつのこと突き飛ばしたんだ」

「そっか。トモは、なんで頭に来たの？」

「えっ？　だ、だって……ムカつくのが普通じゃない？　俺、まちがってる？」

「ううん。まちがってはないよ。ただ、なんでトモはイヤだったのか、自分でわかる？」

「サトシが悪いんだよ。自分は両想いのくせに、いちいち俺の気持ちを聞いてくるんだから。俺が正直になったら、みんながイヤな想いするじゃん」

「うん、確かに、その状況ならそう思うよね。じゃあ、状況のことは置いといて、トモ自身は本当はどうしたかったの？」

「……………」

実里さんの質問は、そばで聞いているわたしにも難しかった。わたしはなんだかハラハラした。実里さんはいったい、何を聞こうとしているんだろう。

トモくんが再び黙りこみ、実里さんも何も言わない。

長い長い沈黙のあと、トモくんがボソリとつぶやいた。

「……俺は、マナちゃんが好きだけど、サトシとも友達でいたいんだ」

「そうか」

実里さんの優しい声が、ふわっと響いた。

「じゃあ、トモ。自分のその気持ちを大切にしてあげよう。トモは、サトシくんが悪い子だなんて思ってないし、ましてやケンカがしたかったわけじゃないんだよね？」

「ん……」

トモくんの返事が涙で震えた。

「大丈夫。トモの気持ちはちゃんと伝わるよ。仲直りできたら、またサトシくんをうちに連れておいで。でっかいシュークリーム作ってあげるから」

「うん……！」

「よし。それじゃあ、顔洗ってらっしゃい」

パタパタと洗面所へ向かう足音は、すっかり軽くなっていた。

続いて背後から実里さんの足音が近づいてきて、わたしの隣に立つ。

「タマちゃん、ごめんごめん。洗い物任せちゃって」

「いえ……大丈夫です」

すでに食器は洗い終え、水切りカゴに並んでいる。それをぼんやりながめていると、

「タマちゃん？」と実里さんがわたしの顔をのぞきこんだ。

「ボーッとしてどうしたの？」

「あ……」

わたしは我に返り、濡れたままの手をタオルでぬぐう。

それから、自分でもよくわからない頭の中をぽつりと話した。

「なんか、さっきの実里さんとトモくんの会話を聞いてて、うちと全然違うなあって思ったんです」

「タマちゃんちと?」

「はい。うちの親の場合、顔を合わせば文句ばっかり言われるし、わたしの気持ちなんか全然ちゃんと聞いてくれなくて」

何が違うんだろう。口調の違いももちろんあるけど、それだけじゃない。

お母さんとわたしの会話は、いつも噛み合わなくて刺々《とげとげ》しいんだ。

「わたし、実里さんみたいなお母さんがよかったな」

思わず本音をもらすと、実里さんがガハハと豪快に笑った。

「やめてよー。そんな素敵なママじゃないし。わたしなんて世間知らずのまま親になったから、本当はあいうとき、どんな対応すればいいか自信ないの。いつも手探りってやつ」

無理に強がるわけでもなく、かと言って変に自分を卑下《ひげ》するわけでもない実里さん。

この人、好きだなあ、とわたしはしみじみ思う。

「でも、さっき実里さんがトモくんに言ってたこと……自分の本当の気持ちってやつ。あんなのわたし、今まで親に言われたことないですよ」

「んー。その点なら、旦那のおかげかも」

「旦那さんの？」

「そう。昔ね、あいつに言われたんだ」

内緒話をするように声をひそめ、実里さんが教えてくれた。

旦那さんと結婚したばかりの頃、実里さんは不満がたくさんあったらしい。

旦那さんは友達付き合いが多く、家にいる時間をあまり作らない人だった。

一方、実里さんはというと、遠い地域から嫁いできたため知り合いもあまりいない。

そんな状況の中、ストレスが溜まっていく一方だったという。

「あの頃はわたし、いつも怒ってたなあ。なんでわたしを放ったらかして友達とばっか遊ぶの？　普通、もっと奥さんを大事にするでしょ？って」

当然の権利として不満をぶつけまくった実里さん。そんな彼女に、旦那さんはある日言ったそうだ。

――お前の本当の気持ちはなんだ？　と。

「す……すごい強気な質問ですね」

「でしょ？　何言ってんだ、この男！　ってわたしも思ったよ。お前が大事にしてくれないから、こうして怒ってんだろ！　って。……でもさ、よーく考えてみたら、本当の本当の気持ちはそうじゃなかったんだよね」

実里さんが、ちょっと照れくさそうに笑った。

「わたし、あいつのことが好きで、もっと一緒にいたかった。かまってもらえないのが寂しかっただけなんだ」

人はいつも、自分の内側の声を無視して、外側に原因を作ってしまう。

本当の願いを口にする代わりに、他人の行いや環境を責めてしまう。

そうして自分でも気づかないうちに、ねじれた世界を作り上げてしまう。

そんな感じのことを、噛みくだいた口調で実里さんは言った。

その話は少し難しくて、わたしの頭ではちゃんと理解しきれなかった。けれど、不思議と心にしみこんでいく。

「それで、旦那にちゃんと話したら、あいつなりに時間を作ってくれるようになってね。よく考えるとそれまでのわたしって、不満ばっかで何も見えてなかったんだよね。

だからそれ以来、自分の本当の気持ちがなんなのか、心に問いかけるようにしてるんだ。相手がどうこう、じゃなくて、自分はどうしたいのか。まあ、今でも旦那のことガーッと責めちゃうときもあるんだけど」

そう言ってまた、けたけた笑い声を上げる実里さん。わたしはそれを見ながら、胸に手を押し当てた。

確かに……翼たちに対しては、ねじれた世界をわたし自身が作っていたと思う。胸が苦しいのは翼と美那子が付き合い始めたせいだ、と以前は思っていた。

けれど昨日、自分の本当の気持ちを自覚したせいか、もう前ほどの苦しさは感じない。現実は何も変わっていないのに、わたしの感じる世界は変わったんだ。

じゃあ、もしかして。と、わたしは思った。

家族との関係も、それに当てはまるんだろうか。ねじれた世界を築いていたのは、もしかしてわたし自身……?

——ううん、違う。原因はやっぱり親だ。

だって、わたしは家族が仲良くできるよう願っているのに、それを壊すのはいつも親の方だもん。

きっとそうだ、絶対そうだ。心の中で何度もそう繰り返すと、開きかけた扉が閉まるような音が聞こえた気がした。

山の中腹の一軒家を訪れることは、ほとんど日課になりつつある。

あの家に行くと心がホッとして、不思議な安心感に包まれるから。

家の前に到着し、いつものように庭をのぞきこむと、昨日ノアが座っていた切りカブは白い雪で覆われていた。生クリームでコーティングしたホールケーキみたい。

ノアは、家の中にいるんだろうか。

呼び出しのチャイムは壊れているし、大声で呼んで勝也さんに見つかるのもイヤなので、わたしはノアの部屋の窓を叩いてみることにした。もちろん、勝也さんに『踏むな』と怒られたところは踏まないように気をつけて。

コンコンと窓ガラスを鳴らすと、ほどなくしてノアが顔を出した。

「タマちゃん」

わたしを見たノアの顔に、喜びの色が浮かぶ。

自分に対してこんな表情をしてくれる人がいる、ということが、どうしようもなくわたしをうれしくさせる。

「鍵、開いてるから玄関から入って。勝也さんはさっき出かけたよ」

そう言ったノアの声は、いつもよりどこか弱々しい気がした。

玄関で靴を脱ぎながら、わたしの胸にふと不安がよぎる。もしかして昨日、水に濡れたせいで風邪をひいてしまったんだろうか。

その心配は、ノアの部屋に入った瞬間、確信に変わった。

ベッドの上で乱れたままの毛布。シーツにはかすかにくぼんだ跡があり、今しがたまで寝ていたということが見て取れる。

「ノア、体調悪いの？」

「平気だよ」

と言ったそばから、よろりと体が傾くノア。

「あー、ほら！　やっぱ風邪ひいてんじゃん」

「大丈夫だって」

「無理しないでいいから寝ててよ」

「つまんねえの」

無理やり布団に押しこまれたノアが、不満そうな声を出す。

「せっかくタマちゃんといられる貴重な時間なのに」

「……………」

思わず黙ってしまったのは、ふたつの感情がわたしの胸に絡まったからだ。

ひとつめは、うれしさ。わたしと過ごす時間をそんな風に言ってくれることに対しての。

そして、ふたつめは——寂しさ。

わたしたちが一緒にいる今は、ずっと続くものじゃない。嘘をついて逃げ出したわたしのタイムリミットは刻々《こっこく》と迫っている。

それを誰よりもわかっているのは、わたし自身だった。

でも、どうしてそれが寂しいだなんて、わたしは思ってしまうんだろう。

「……まだ帰らないよ」

わたしはかすれた声でつぶやいて、それから、にっこりと笑顔を作った。

「そうだ。何かお手伝いすることない？　たとえば掃除とか」

「そんな気を遣わなくていいよ」

「遣ってないし。風邪ひきの原因はわたしにもあるんだから、このくらいさせてよ。掃除機はどこ？」

「たしか……階段の下にホウキがあったと思う」

そのあいまいな口ぶりから察すると、今までろくに掃除をしていなかったんだろう。これだから男子は。なんて、わたしも家にいるときは「自分の部屋くらい掃除しなさい」っていつも怒られてたんだけどさ。

階段は廊下に出てすぐのところにあり、その下が作りつけの収納棚になっていた。ほとんど使っていない棚らしく、扉には数年前のカレンダーが貼られたままになっている。

扉を開けると、中には乱雑に物が詰めこまれていた。

左半分は四段の棚、右半分は縦に長い収納で、そこにホウキが立てられている。魔女が乗って空を飛びそうな古いやつ。

ホウキを取り出そうとしたとき、ふいに柄の部分が左の棚に当たった。その拍子に、四角い何かが床に落ちた。

拾って確認すると、それは小さなアルバムだった。

なんの気なしにページをめくってみる。中に収められた写真は、どれも風景を写したものだ。

勝也さんが撮ったんだろうか。写真が趣味だなんて、ちょっと意外。

「あ」

その中の一枚に、見覚えのある建物が写っていた。今よりずっと新しくてきれいだけど、間違いない、この家を外から撮った写真だ。

家の周りには、今とは大違いのよく手入れされた庭が写っている。美しい芝生が太陽を浴びて輝き、その一角には青い花が咲いていた。

それはちょうど、勝也さんが『踏むな』とわたしに言った場所だった。

「あれ？　この花って……」

何か引っかかる感覚が芽生えたけれど、それはすぐに引っこんだ。家の外で門が開く音がしたからだ。

勝也さんが帰ってきたらしい。勝手に写真を見ていたことがバレたら、また怒られてしまう。

わたしはあわててアルバムをもとの位置に戻し、ホウキを持ってノアの部屋に引っこんだ。

若干予想はしていたけれど、ノアの部屋の汚れたるや、男子部屋の恐怖ここに極まれりという感じだった。

ホウキを床にすべらせるたび、埃《ほこり》がキラキラとある意味美しく舞い上がる。薪ストーブの木くずなんかも、そこらじゅうに落ちている。

極めつけに綿毛のような塊がいくつもあった。えぐい。

せっせと掃除をするわたしとは裏腹に、ノアはベッドで寝息をたてている。さっき寝るのをイヤがったわりには、見事な寝入りっぷりだ。やっぱり風邪で体力が落ちているんだろう。

そうして掃除を終えた頃、わたしは急に手持ち無沙汰になってしまった。

寝ているノアを起こすわけにはいかないし、何をしよう。

そうだ。ノアが起きたときに喉が渇いているかもしれないから、スポーツドリンクでも買ってこようっと。ついでに、喉ごしのいいプリンなんかも。

わたしはバッグを持って、ノアを起こさないよう静かに部屋を出た。

勝也さんに遭遇してしまったのは、玄関のドアを出たときだった。

彼はまたしても、あの場所——さっき見た写真の中で青い花が咲いていた場所を、ぼんやりと見つめていた。

そして、わたしに気づいてこちらを向き、いつものように目じりを吊り上げる。

「お、おじゃましてます」

「目障りだと昨日言わなかったか?」

勇気を出してあいさつしたのに、返ってきた言葉はそれだった。

なんなの、本当にこの人……。そこまでわたしのことを邪険にする必要があるんだろうか。

確かに、その場所を踏んでしまったのは悪かったけど、そんなの知らないんだからしかたないじゃん。わたしが悪いわけじゃないじゃん。

そこまで一気に考えて、わたしはハッと気づいた。

わたし……今まさに、ねじれた世界を自分で作っていなかった?

勝也さんの態度は、確かにいい気分のするものじゃない。だけど、わたしがこんなにもイヤな気分になっているのは、本当はなぜ?

本当の自分の気持ちは?

心の奥深くにそう問いかけると、浮かび上がってきたのは素直な自分の声だった。

──勝也さんの怒りを解いて、堂々とノアに会いに来たい。

そうだ。本当はそれが望みなんだ。

だったら、頭の中で勝也さんの悪口を言っている場合じゃない。わたしがするべきことは、きちんと気持ちを伝えることだ。

「勝也さん」

しぼり出した声は、ひどく震えていた。けれど、目線はしっかりと勝也さんの顔に合わせる。

「初めて勝也さんに会ったとき……わたし、その場所を踏んでしまって、すみませんでした。チャイムを押したんだけど鳴らなくて、窓の方から呼びかけようと思ったんです。知らなかったとは言え、本当にごめんなさい」

わたしは深々と頭を下げた。雪に覆われた白い地面が視界に入る。

返事はないけれど、言葉を続けた。

「勝也さんは怒ってるのに、わたしは毎日やってきて、すごくイヤだと思います。でも、わたしがこの町にいられるのも、あと三日くらいなんです。だから……お願いします。彼に会いに来るのを許してもらえませんか？」

固く握った手が、かすかに湿っていた。こんな雪の日に汗をかいているのは、わたしくらいだろう。

沈黙が長くなるにつれ、その湿り気はどんどん増していく。

チッ、と舌打ちの音が聞こえた。続いて、雪を踏みしめる音が聞こえ、勝也さんの足が視界のすみを動く。

勝也さんは無言だった。言葉で拒絶する必要すらないほどの無言だった。

わたしの横をすり抜けた勝也さんが、玄関のドアを開ける。その音を、わたしは頭を下げた体勢のまま聞いた。

……やっぱり、許してくれなかったか。

思わず唇からため息がもれかけた、そのとき。

「チャイムは壊れてないぞ」

え――？

「強く押せば、ちゃんと音が鳴る。次からはそうしろ」

わたしは勢いよく頭を上げて振り返った。勝也さんの後ろ姿は、すでにドアのむこうに消えかけている。

はっきりと許してくれたわけじゃない。歓迎の言葉をもらったわけでもない。

だけど、『次からはそうしろ』と言ってくれた。

それはつまり、わたしがノアに会いにくるのを認めてくれたってこと？

「……ありがとうございますっ！」

閉まったドアに向けて、わたしはもう一度、深々とお辞儀をした。

山道を駆け下りる足取りは、驚くほどに軽かった。今なら魔女のホウキに乗って空を飛べちゃうかもしれない。

目の前の景色が光の粒子をまとったみたいに、昨日までと違って見える。それはきっと、雪が積もっているせいだけじゃないはずだ。

『次からはそうしろ』

初めて勝也さんが、わたしの存在をちょっとだけ認めてくれた。それはささいな変化だけど、わたしが勇気を出して伝えた結果なんだ。

集落にたどり着くと、見覚えのある小さな背中を見つけた。空き地に放置されたタイヤの上に、ひとりぼっちで座っている後ろ姿。

わたしはさっきまでのハイテンションを落ち着かせ、その背中に呼びかけた。

「トモくん」

即座に振り向く、幼い顔。

「あ、タマちゃん」

いつの間にかトモくんも、わたしをタマちゃんと呼ぶようになっている。まあ、お姉ちゃんと呼ばれるよりは照れくさくなくていいけど。

「何してんの？　こんなとこに、ひとりで」

「ううん、別に」

　トモくんはそう答えたものの、今まで考えごとをしていたのが表情で見て取れた。そしてきっと、その考えごとの内容は、好きな女の子やケンカした友達のことだろう。

　わたしはトモくんと背中を合わせるように、同じタイヤに腰を下ろした。わたしの体重でタイヤのゴムがはずんで、「うひゃ」と少年らしい笑い声が上がる。

「ねえ、トモくん」

　子ども特有の高い体温を背後に感じながら、声をかける。

「トモくんの好きな子……えっと、マナちゃんだっけ？　かわいい子だよね」

「知ってんの!?」

　トモくんが立ち上がり、赤い顔でわたしの正面に来た。

「うん、昨日ちょっとだけ見た。トモくんとマナちゃんがいるところ」

「そうなんだ」

「遠目だからはっきり見えなかったけど、髪が長くて、性格も明るそうで、かわいい子だなって思ったよ」

　わたしがそう告げると、トモくんは唇をめいっぱい横に伸ばして、「うん」と嬉しそうにうなずく。りんご色に染まるほっぺが微笑ましい。

「俺のクラスの男子のほとんどが、マナちゃんを好きなんだ」

「それはすごいね」

「でも、マナちゃんはサトシと両想いだから」

トモくんが寂しげな笑みを落とす。

『俺は、マナちゃんが好きだけど、サトシとも友達でいたいんだ』

今朝、実里さんが引き出したトモくんの本当の気持ち。わたしには、その心境がよくわかった。

マナちゃんのことが好き。だけど、サトシくんとも友達でいたい。

この関係を変えたくない。だけど、変えたい。

「……わたしもね、トモくんと同じだったんだ」

「同じって？」

「好きな人と親友が、両想いになったの」

トモくんの目がまっすぐにわたしを見て、言葉の続きを待っている。無垢《むく》なその表情に、少し気圧された。

わたしは実里さんのように、うまくトモくんを励ましてあげることはできないかもしれない。でも、背中を押してあげたいとは思う。同じような経験をしたひとりとして。

「それでわたし、自分でもイヤになるくらいすねちゃって。ひとりで悲劇のヒロインにひたって、何ひとつ自分の気持ちを伝えなかったの」

「じゃあタマちゃん、その子のこと今も好きなの？」

「えっ？」

言われて改めて、自分の変化に気づいた。

翼のことは、好き……だけど。今ももちろん、好きだけど。でも、なんだろう。前と同じ恋心じゃない。

恋、という単語を思い浮かべた瞬間、淡い金色が同時に浮かんだ。

――ストップ。何考えてんの。心臓も勝手にキュンとか鳴るんじゃない、バカ。

「わ、わたしの話はまあいいから！　トモくん。もしも、だよ」

「うん」

「もしも、サトシくんとマナちゃんが両想いっていう状況を抜きにしたら、トモくんはどうしたい？」

尋ねると、トモくんはぐるりと目線を動かして考えをめぐらせ、そして思いのほか力強い声で答えた。

「マナちゃんに告白したい」

ブラボー。わたしよりよっぽど勇気があるじゃないか、勇者だよトモくん。

言葉にしたとたん火がついたのか、トモくんの表情に高揚感があふれ出す。

「俺、告白してもいいのかな。サトシもその方が喜ぶかな」

「うん。いいと思うよ。サトシくんも、トモくんが自分のせいで我慢すること望んでないはずだもん」

「でも、なんて言って告白すればいいんだろ。タマちゃん教えてよ。大人だからわかるだろ？」

いやいや、わたしはまだ十五のガキだって。それに、恋愛に関してはおそらくトモくんより奥手な幼児レベルだ。そんな期待たっぷりの目で見られても困る。

「えっと、具体的なアドバイスはできないけど。……でも、トモくんの勇気を見たら、きっとマナちゃんもサトシくんもうれしいと思うよ」

「そっか、勇気か」

「そう、勇気だよ」

とっておきの武器を手に入れたかのように、小さな勇者の瞳が輝く。

「決めた。俺、勇気を見せてマナちゃんに告白する」

ああ、なんて純真なんだろう。

応援するよ、わたしが翼に伝えられなかった分の勇気も、君に託《たく》す。

「がんばってね、トモくん」

た。

「うん。ありがとう！」

小学生と高校生。歳の差はあるけれど、ふたりの間には奇妙な連帯感が生まれていた。

わたしたちは両手でハイタッチをして、軽快な音を響かせた。

「えい、えい、おー」と、わたしがこぶしを突き上げると、トモくんも「えい、えい、おー」と乗ってくる。

しだいにそれは「ごー、れっつ、ごー」とか「ちゃー、しゅー、めーん」に変化していき、ふたりでけらけら笑った。

そんなテンションのおかしいわたしたちを、通りすがりのおじさんが不思議そうな顔で見ていた。

トモくんに案内してもらった商店でドリンクやらプリンやらを買いこみ、重いビニール袋をぶらさげて再び山道を登る。足取りは、さっきよりもさらに軽い。

山の中腹の家に着くと、わたしは指先に力をこめてチャイムを押した。

ぽーん、と高い音が扉のむこうから響く。勝也さんの言う通り、壊れてるわけじゃなかったらしい。

しばらく待っていると、ドアを開けてくれたのは勝也さんだった。

あいかわらず彼の表情はしかめっ面だけど、ちゃんと開けてくれたことに単純なわたしはうれしくなる。

「なんだ、その荷物は」

「商店で買ってきたんです。あの、よかったらこれ」

袋の中から小さな包み紙をひとつ、勝也さんに差し出した。

「商店のおばあさんの、手作りドーナツらしいです」

「ふん。後藤《ごとう》商店のばばあか」

悪態をつきながらも受け取る勝也さん。あ、よかった。甘いもの嫌いじゃないんだ。

「あのばあさんは無愛想だけど、悪い人間じゃない。ドーナツもうまい」

勝也さんはそうつぶやくと、ドーナツを持ったまま奥の部屋へと消えていった。

無愛想だけど悪い人間じゃない、というのは、もしかしてあなたにも当てはまるんじゃないでしょうか。なんて言ったらへそを曲げそうだから、わたしは笑いそうになる口元を押さえて、心の中だけでつぶやいた。

ノアの部屋に入ると、ちょうど彼の目が覚めたところだった。

「おはよう、ノア」

「おはよ。って、もう昼かあ。けっこう寝たな」

「飲み物とプリン買ってきたよ。食べる？」

「プリン！」

予想通りの反応にわたしは、ぷっと吹き出した。おにぎりのときといい、今回といい、ノアのスイッチは食べ物でオンになるらしい。

プラスチックのスプーンの上で揺れるプリンの欠片が、小ぶりなノアの口に運ばれていく。ひと口飲みこむごとに、彼の顔は幸福そうにふにゃりと溶けた。子どもか。

睡眠のおかげで体調がよくなったのか、ノアは食欲旺盛だった。実里さんが持たせてくれたサンドイッチと、商店で買ったドーナツもぺろりと完食。

「ごちそうさまでした」

ふたり同時に手を合わせる。そしてゴミの片づけをすませると、ノアは両腕を上げて「んー！」と大きく伸びをした。

その動作に合わせてTシャツのすそが上がり、引きしまったお腹がちらりとのぞく。思わず吸い寄せられた視線を、わたしはあわててそらした。

「よし、今日も行くか」

「え？」

「森」

意外な言葉に、わたしはぶんぶんと首を横に振る。

「ダメだよ。ノア、風邪ひいてんのに」

「へーき、へーき。寝たら治った。てか風邪じゃないし」

「雪積もってて寒いってば」

「大丈夫だよ。ほら」

そう言ってノアは突然、見覚えのある奇妙な動きを始めた。

腕を曲げたり伸ばしたり、足を開いたり閉じたり。どこかで見たことのあるこの動きは——わかった、ラジオ体操だ。

「な。元気だろ？」

って屈伸《くっしん》しながらドヤ顔されても。しかも、ところどころ順番を間違ってるし。半分あきれ顔のわたしを気にも留めず、ノアはでたらめなラジオ体操を披露する。

……そういえば、とわたしは突然思い出した。

子どもの頃は毎朝、リビングでわたしもラジオ体操をしてたっけ。小一の夏休みから始まったその習慣は、四年生になる頃まで続いたのだ。

幼いわたしの体操に合わせ、少し調子っぱずれに音楽を口ずさむお母さん。

電動ヒゲ剃《そ》りをあごに当てながら、足だけで小さくリズムをとるお父さん。

他愛ない、けれど楽しかった朝の光景。

昔のことをなつかしく思い出していると、ノアがわたしの肩にそっとコートをかけた。

「行こう」

当然のように差し出される手。

「……………」

わたしはじっと固まったまま、ノアの少し乾いた指先を見つめた。

この優しい手を、握りたいとわたしは思う。そして、離したくないと思ってしまう。

遠い日に置いてきた温もりを、たぶんわたしはこの手に重ね合わせているんだろう。

おずおずと出した右手を、ノアがつかんだ。温かい。胸の中まで陽だまりに包まれるような感覚を覚えた。

ノアは、不思議だ。彼の隣にいるわたしは、心がひどく無防備になる。

安心するような、なつかしいような……。

けれど、ちょっと切ないんだよ、ノア。

名前すらも知らない君の、温もりだけをわたしは先に知ってしまったから。

第五章　雪だるま

雪を踏むふたつの足音以外、白銀の森に鳴るものはなかった。

草も、土も、岩も、白い輝きを放ちながら息をひそめている。時々、木の枝に積もった雪の塊が地面に落ちて、ぼすっとやけに大きく響いた。

「きれい。別世界に迷いこんだみたいだね」

「タマちゃん、すべらないように気をつけて」

わたしの手はさっきからずっと、ノアに握られたままだ。彼はわたしの少し前を歩きながら、何度も振り返って確認する。

「ゆっくり行こう」

「うん」

ゆっくり、一歩ずつ。ノアがつけた足跡の上に、自分の足跡を重ねるように歩く。

静かな森に、ふたりきり。発する声は雪に吸いこまれていきそうだった。

「あっ。タマちゃん、あれ見て」

突然、ノアが前方を指さした。その方向を追って見ると、雪景色に同化しそうな白い生き物が、木の影から顔をのぞかせていた。

まんまるのフォルムに、ぴんと上を向いて主張する耳、黒いボタンを縫いつけたような目、そしてひくひくと動く鼻。

「えっ、もしかしてウサギ!?」

しかも、二匹もいる！　うわああ！

にわかに興奮したわたしは、ノアの腕をつかんでぶんぶんと揺らした。野生のウサギなんて、もちろん初めて見るのだ。

「かっわいい……！　親子かな」

「たぶんね」

触りたい！　でも、ウサギって臆病なイメージがあるし、怖がらせるのもかわいそうだ。スマホが壊れていなければ写真を撮りまくったのに。

うずうず悶々《もんもん》するわたしの横で、ノアが中腰になった。そして、わたしとつないでいない方の手を差し出し、「はじめまして」とウサギにあいさつをする。てっきり「おいで」とか言うと思ったのに、「はじめまして」って、律儀《りちぎ》か。

……どうしよう。

ノアもかわいい。ウサギ効果かもしれないけど、無性にかわいい。

男の人に対して本気でかわいいっていう感情が湧くのは初めてだ。こんなことをわたしが思ってるなんて、絶対にトップシークレット。

お母さんウサギが窺うようにそろりと近寄ってきて、ノアの指先から十センチほどの距離で鼻を揺らす。匂いをかいでいるんだろう。

が、すぐに踵を返し、子ウサギとともに走り去ってしまった。

「あちゃ。逃げられたか」

ノアが肩をすくめる。

「残念だね」

「子ウサギを連れてるから、よけいに警戒心が強いんだろな。親が子どもを守りたいのは、人間も動物も同じだ」

ノアのそのつぶやきに、わたしは反応した。

親……か。実は前から気になっていた。ノアの両親はどんな人なんだろうって。

今までプライベートな質問はひかえてきたけれど、少しくらいなら訊いてもいいよね？　知りたいって思っても、いいよね？

「……ノアのお父さんとお母さんって、どんな人？」

「さあ」

「さあって」

わたしは唇をへの字に曲げる。はぐらかすってことは、わたしには教えたくないってこと？

そりゃあ、わたしだって本名を明かしてないし、ひとり旅だと嘘をついてるけど。

でも、昨日は翼たちのことを打ち明けたんだから、ノアだって少しくらい自分のことを話してくれてもいいのに。

「俺のことより、タマちゃんのお父さんとお母さんは?」

しかも、はぐらかされた上に質問返しされてしまった。

「……ノアの方から教えてよ」

「タマちゃんの方から教えて」

「ヤダ」

「ダーメ」

地面の雪をひょいとすくったノアが、それを団子にしてわたしへと投げる。反射的にキャッチすると、「ナイス」と彼が笑った。

……なんだよ、それ。わたしは雪合戦がしたいんじゃない、ノアのことを知りたいんだよ。

「ずるい、ノア」

「何が」

「全部。全部ずるい」

「あはは、そっか」

わたしが雪を投げ返すと、手元も見ないで軽々と受け止めるノア。その余裕しゃくしゃくな態度も、まぶしすぎる笑顔も、はぐらかす態度も。わたしの心をざわつかせるから、ずるいんだ。

なんだか悔しくて、手当たり次第に雪を投げつけた。集中攻撃を受けたノアは、髪を白く染めて服も雪まみれではしゃいでいる。静寂《せいじゃく》の森に反響する笑い声。

むきになって雪を投げ続けていると、足元がつるりとすべった。

ああ、まただ。ドジなわたしはまたしても転んでしまう――。

後ろの木に後頭部を思いきり打ちつけた、と思った。けれど、覚悟したはずの痛みは襲ってこなくて、代わりにやわらかいものがわたしの頭を包む。

ぎゅっと閉じていた目を、おそるおそる開けた。

まつ毛に白い粉がついている。目の前には、雪まみれのノアの服。わたしはようやく、この体勢を理解した。

ノアの片腕がわたしの頭を抱きしめるようにかかえ、もう一方の腕を背後の木について支えていた。

「……っ」

心臓が急速に高鳴り、頭に酸素が回らなくなる。声を発しようとしても、喉が焼けついたように熱い。体中がドキドキと脈を打った。

「別に、はぐらかしたわけじゃないよ」

そっと体を離しながら、ノアが言った。

「え？」

「俺のこと、タマちゃんに言いたくないとかじゃないから。ただ本当に、俺のことよりタマちゃんの家族のことを、タマちゃんの口から聞いてみたかったんだ」

「……なんで？」

わたしの家族のことなんて、聞いても何もおもしろくないのに。

「タマちゃんはきっと、愛情をいっぱい受けて育ったんだろうって思うから」

ノアの指が、わたしの前髪についた雪をはらった。わたしは胸が詰まって苦しくなった。

「愛情、なんて……」

わたしはそんな、幸せな人間じゃない。よその家族みたいに仲良しでもないし、愛されているわけでもない。

自分でも自分のことが嫌いなんだから、お母さんがわたしを認めてくれるわけがない。

わたしはバカだし出来が悪いし、がんばっても親から合格点はもらえない。

「……愛情なんて、ないよ」

わたしはその場にゆっくりと座りこんだ。雪の冷たさが、ジーンズの生地を通してお尻に伝わる。

「なんでそう思うの？」

ノアが正面にしゃがんだ。そうして、目線を合わせてくる。やさしい瞳。そんな目で見られたら、隠し通せなくなるじゃん。

すぐには返事をできなかった。わたしは唇を結び、雪をかき集めた。

いびつな形の、小さい雪だるまをふたつ、そしてもっと小さい雪だるまをひとつ作る。

わたしがそうしている間、ノアは何も言わずに見守っていた。

「十歳のときね」

でき上がった雪だるまを見つめながら、ぼそりと口を開いた。

誰にも話したことのない、胸に秘めてきた想い。

「わたしの家族は、今のマンションに引っ越したの。それまでは同じ区内の借家で……古くて不便な家だったけど、その頃はみんな仲がよかった」

まだ犬のノアもいた頃だ。両親の笑い声、毎朝のラジオ体操、そして、この森で家族一緒に見た美しい景色。幸せな記憶。

「でも今のとこに住んでから、変わっちゃった。お父さんはマンションのローンを払うために残業が増えて。お母さんは新しい近所付き合いがうまくいかなくて、愚痴《ぐち》ばっかりこぼすようになって。気づいたときには、両親から聞こえるのはケンカの声ばっかりになってた。……わたしは前みたいに仲良くしたかったから、お母さんたちに明るく話しかけるようにがんばったの。休みの日はみんなで出かけようって誘ったりもした」

でも、と言葉を続けると、乾いた笑いが一緒にもれた。

「それが、ダメだったみたい。お母さんがわたしのこと、憎たらしそうに見て言ったんだ。今はそんな状況じゃないでしょう、って。あんたはどうして人の気持ちがわからないの、って」

まちがえた――幼いわたしはあのとき、そう思った。

まちがえたんだ、そんなこと言っちゃいけなかったんだ、わたしがバカだからお母さんを怒らせたんだ。

恥ずかしくてみじめで消え入りそうな想いがした。もっとがんばって、お母さんを笑顔にする子にならなきゃって思った。

だけど、何が親にとっての正解なのかわからなくて、努力すればするほど裏目に出るばかりだった。

「決定的なことが起きたのは、小六のときだったの」

一番思い出したくない記憶を、わたしは胸の奥から引きずり出す。

ノアは何も言わない。言わない代わりに、いつの間にか彼はわたしの手を握っていた。まるで、大丈夫だよ、と言ってくれるように。

だから、わたしはノアに打ち明けることができた。

「小六の春、お母さんの親が死んだんだ。うちのお母さんね、実家がお金持ちで厳《きび》しかったらしくて。二十歳のときにお父さんと出会って、わたしを妊娠したけど結婚を反対されたんだって。だからわたしの両親は駆け落ちして、ずっと親と会ってなかったらしいの」

そんなお母さんの両親が、事故で他界したと教えてくれたのは、スーツを着た見知らぬ男性だった。

『小林 葵《あおい》さんですね？ はじめまして。本日は、葵さんのご両親の件でお伺いしました』

突然現れたその弁護士を名乗る男性が、ロボットのように抑揚《よくよう》のない口調で話し始めたとき、お母さんの肩は見てわかるほど震えていた。

実家と絶縁状態だったお母さんは、そのとき初めて親の死を知った。

そう、すべては灰となり、跡形もなく消えたあとのこと。

葬儀の連絡すらもらえなかったのは、遺産に目がくらんだ親戚のしわざだと思う。

お母さんに残されたのは、最低限の相続財産のみだった。

「それ以来、お母さんが荒れて……。前からお父さんとはケンカばかりだったけど、もっとひどくなって」

親の死はお父さんのせいじゃない。それは誰でもわかること。でも、あのときのお母さんには受け入れられなかったんだろう。誰かを責めなくては自分を保てなかったんだろう。

『あなたと結婚したせいで、わたしは親の死に目に会えなかったのよ』

グラスを床に投げつけるお母さんの言葉を、お父さんは死んだような表情で黙って聞いていた。それを見ていたわたしも、きっとお父さんと同じような顔をしていたと思う。

わたしは弱々しく笑い、指先で雪だるまをつついた。

「……出会わなきゃよかった、って……」

ぽとり。雪だるまが崩れる。

「お父さんなんかと出会わなきゃよかった、って。お母さん、言ったの」

出会わなければ。結婚しなければ。こんな家庭を作らなければ。

──じゃあ、わたしは？　お母さん、わたしの存在はどうなるの？

お父さんとの出会いから全否定するのなら、わたしの存在すら否定したも同じだ。

テーブルに突っ伏して吐き出したお母さんのそのひとことは、わたしの心を殺した。

それからというもの、わたしたち親子の会話からは笑顔が消えた。

お母さんはそれまで以上にわたしにダメ出しをするようになり、わたしはそんなお母さんに認めてもらいたいという気力すら失せた。

　お父さんはますます帰宅が遅くなり、まるで空気のようだった。ひょっとしたら、『出会わなければよかった』というお母さんの希望を汲《く》んで、自らの存在を消していたのかもしれない。

　いつ息が止まってもおかしくなかった。食事をしていても、歯をみがいていても、家中の空気がみしみしと音をたてるような圧迫感で満ちていた。

「だから、ね。わたしはノアが言うような、愛情を受けて育った子じゃないの」

「……出会わなきゃよかった、か」

　ノアがふいに、言葉をなぞるようにつぶやいた。

「タマちゃんも同じこと言ってたよな」

「わたしも？」

　意味がわからず目を丸くすると、彼は「ほら、昨日」と付け足す。

「……あっ」

　確かに昨日、勝也さんの家の庭でわたしは言ったんだ。

『出会わなきゃよかったんだ……っ！　美那子なんかに出会わなきゃ、翼は今でも……！』

　ひとりごとのつもりだったけど、ノアにも聞かれてしまったんだった。

そうか。わたし、無意識にお母さんと同じセリフを吐いていたんだ。指摘されてバツが悪くなり、体育座りの膝を引き寄せて小さくなる。

「でも、あれはタマちゃんの本心じゃないよね」

「当然だよ」

勢いで言ってしまったけど、断じて本心じゃない。

確かに、美那子のことでつらい想いもしたけれど、出会いまでなかったことにしたいとは思っていない。今はそう言い切れる。

「じゃあ、さ」

つないだ手をわたしの膝に乗せながら、ノアが言った。

「タマちゃんのお母さんもひょっとして、そうじゃないかな」

想いもよらないことを言われ、わたしは押し黙った。

「もちろん、本当のとこは俺にはわからないけど」

ノアは断言を避けて、やんわりとした口調で告げる。それはつまり、自分自身で考えろということだろう。

わたしは崩れた雪だるまを見下ろした。

どう、なんだろう。お母さんも昨日のわたしみたいに、勢いで言ってしまっただけなのかな。〝本当の気持ち〟を、お母さんも——そしてやっぱりわたしも、お互いに見失っていたのかな。

今の家族の姿を、頭に思い描いてみる。それは、ぐちゃぐちゃにもつれた糸みたいだと思った。

長い年月をかけて絡んだ糸は、簡単には解けそうにない。

けれど……その糸は確かにわたしたちをつないでいる。もつれてしまったけれど、糸の端と端はわたしたちにつながっている。

ケンカをするのも、いがみ合うのも、ぐちゃぐちゃに絡んでしまったのも、わたしたち家族が決して糸を離さなかったからだ。

そんな風に思えた自分に、びっくりした。

「……うん。そうだね」

わたしはうなずいて、雪だるまをそっと直した。

「お母さんも、同じ気持ちだったのかもしんない」

頑《かたく》ななわたしの固い心を、するんと溶かすノアは、すごい。昨日といい今日といい、ノアの前でわたしはどんどん裸になっていく。

「あ、でも、だからってすぐにお母さんと仲良くなんてできないよ。どんなにわたしが仲良くしようと思っても、お母さんが変わらなきゃ一緒だし」

つい意地っ張りな口調でわたしが言うと、ノアがふふっと笑った。

「大丈夫だよ。俺が保証する。タマちゃんたちは大丈夫」

なんの根拠があって、そんなこと言うのか。だけどノアに言われると、妙に納得してしまうんだ。

わたしは重なったふたつの手を見つめながら、自分の心に問いかけた。

……わたしは、どうしたいんだろう。絡んでしまった家族の糸を、どうしたいと本当は思っているんだろう。

「ねえ、タマちゃん」

三つの雪だるまの横に、もうひとつ雪だるまを作ったノアが、黒い瞳でわたしを見る。

「俺とは、出会ってよかった？」

「へっ？」

「俺は、タマちゃんに出会えてよかった」

ちょ、いきなり何を言い出すんだ。出会えてよかったって、わたしと、えっ、な、何っ？

背中にぶわっと汗が吹き出し、口をぱくぱくさせるわたしに「タマちゃんはー？」と無邪気な質問をくり返すノア。

「し、知らないよっ！」

顔をのぞきこもうとするノアの体を押し返す。と、固い胸板の感触が手のひらに伝わって、よけいに恥ずかしくなった。

ノアのバカたれ。真剣な話をしてたのに、急にこんなこと言うなんて。

でも、わたしもバカだ。別に動揺する必要ないのに、心臓ばっくんばっくんさせちゃって。バッカみたい。

「ノアの両親のことも話してよ！　わたしばっか話してるじゃん」

どうにか話題をそらしたくて、わたしはつっけんどんに要求する。

けれど、彼から返ってきた言葉は思いがけないものだった。

「知らないんだ、俺」

「……え？」

「父親は会ったことないし、母親も俺が生まれてすぐ死んだから」

わたしは目を見張った。にわかに芽生えた罪悪感で、喉の奥に苦いものが広がる。

「ごめん……」

ううん、と返事するノアの顔は、意外にも明るかった。

「タマちゃんが気にすることないよ。別に特別なことじゃないし」

あっけらかんとした態度に、わたしはどう反応すればいいのかわからない。

ノアはわたしの手を離し、両手を地面について空を仰いだ。森の木々の合間から、冬の分厚い雲がのぞいている。

「俺ってラッキーだったんだ。里親になってくれた人たちが、すっげえいい人たちだったから。まあ、それなりにいろいろあったけど、途中からは兄弟とも一緒に暮らせたし」

「兄弟、いるの？」

「うん。双子の兄貴がいた」

いた。その言葉の意味することはなんだろう。ざわざわと胸が騒ぎ、同時に吹いた風が木の枝を揺らす。

「あの……ノアのお兄さんって今は」

「死んだ。去年の冬」

そうつぶやいた、一瞬だけ。ノアは寂しげに目をふせた。

彼の心が、亡くなったお兄さんを想って痛んでいる。それがわかって、わたしも痛かった。小さいトゲがたくさん心臓に刺さったみたい。

そしてわたしは、急に自分が恥ずかしくなった。

ノアに比べたら恵まれた環境なのに、今まで不満ばかり持っていた自分が。しかも、それをノアに救ってもらっている自分が。

翼たちのこと、家族のこと。まだ現実に問題が解決したわけじゃないけれど、こうして向き合う時間ができたのはノアに出会ったからだ。

「……ノア」

わたしは、君のために何かできないのかな。君にとっては、よけいなお世話かもしれないけれど。

ノアからもらった温もりや笑顔、その半分でもお返しができたらうれしいんだ。

そう、この七日間が終わったあとも、ずっと——。

「ノア、わたし」

「ん?」

鼓動が速くなって、コートの生地をぎゅっと握った。

「わたし、ノアと……」

「顔赤いよ、タマちゃん」

ずいっとノアのきれいな顔が近寄る。鼻先が触れそうになって、一瞬、息が止まった。

「大丈夫?」

「あ、あの……っ」

伝えなきゃ。友達や家族から逃げ出してこの町に来たこと。もうすぐ東京に帰らなきゃいけないこと。

そして、これからもノアとつながっていたいことを。

なのに、この近すぎる距離感が、わたしから平静さを奪っていく。

「タマちゃんこそ風邪ひいたんじゃない？」

おでこにノアの手が触れて、思わず肩が跳ねた。顔面が発火しそうなほど熱を持つ。

「やっぱり熱いな」

「いや、あの」

「あ、そういえばさっき、何か言いかけ――」

「なんでもないっ」

わたしは素早く立ち上がり、ダッシュで逃げ出した。突然のわたしの行動に、ノアがすっとんきょうな声を上げる。

「ちょっ、走ったら迷子になるよ！」

確かにそうだ。一度ならず二度までも遭難《そうなん》するのはいただけない。

だけど赤い顔をノアに見られるのも気まずくて、わたしは二十メートルほど離れたところまで来ると立ち止まった。

はあーっ、と息を吐き出して、木にもたれかかる。胸に手を押し当てると、コートの上からでも心臓の動きがわかりそうだった。

「……わたしのバカ。意気地なし」

さっきノアに触れられたおでこが、まだ熱を放っている。そこに何かひんやりしたものが触れて、見上げると雪がまた降りだしていた。

心地よい冷たさを顔に感じながら、わたしは固く目をつむった。

……もし、あのまま伝えていたら、ノアはなんて言っただろう。「これからも会おう」って言ってくれただろうか。それとも、会いたがるわたしに「なんで？」って思っただろうか。

もしも後者だったら、と考えると怖いんだ。

名前も素性も明かさずに始まった、あやふやなこの関係を、未来へつなぎたいと思っているのはわたしだけかもしれないから。

——と、そのときだった。

がさっ、と音が近くで聞こえ、わたしは驚いて目を開けた。視界の端で草が揺れて、そのむこうに影が一瞬動いたのが見える。

なんだろう？　動物？　その方向に目をこらしてみたものの、森の中は見通しが悪く、それらしきものは確認できない。

「タマちゃん」

呼ばれて振り返ると、ノアが立っていた。

「いきなり走るからびっくりしたじゃん」

「ごめん」

わたしは苦笑いで答え、さっき音がした方に視線を戻した。

「なんかね、動物がいたみたい。一瞬、影が見えたの」

「ウサギ？」

「ううん、もうちょっと大きかった」

「じゃあキツネかな。たまにいるから」

「そうなんだ。すごいね」

よかった。普通にノアとしゃべれてる。わたしが変に意識してること、バレていなくてホッとした。

「そんなことより、天気が悪くなりそうだから今日はもう帰ろう」

そう言って、ノアが左手を差し出す。

つなぐことに今さら躊躇《ちゅうちょ》していると、彼はわたしが帰りたくないと思っていると解釈したらしく、「宝探しはまた明日ね」と笑った。

……〝また明日〟。

そのまた明日も。その次も。

ずっと手をつないでいたいと、もしもわたしが言ったなら、ノア、君はどう思うんだろう。

森を後にしたわたしたちは、勝也さんの家に戻った。

その間にも雪は勢いを増していき、ノアの部屋が暖炉で温まるころには、窓の外がすっかり白くかすんでいた。

「できた」

ノアが満足げにノートを顔の前で広げる。そこには、びっしりと書かれた文字。昨日に引き続き、字を書く練習だ。

「かなり上達したよね、ノア」

「いえいえ、それは先生がいいからですよ」

「いえいえ、それほどでもありませんよ」

なぜか敬語になってお辞儀《じぎ》をし合うわたしたち。

柱にかかるアンティーク調の振り子時計が、ぼーん、と心地いい音を鳴らした。いつの間にか、夕方の五時だ。そろそろ民宿に帰る時間。

だけど雪は降り止みそうにないし、空にはねずみ色の雲がびっちりと膜を張っている。

そういえば、日本海側の地域では雪と雷《かみなり》が同時に発生することがあるんだっけ。

「なんか、雷でも鳴りそうな天気だね」

そんなわたしの言葉とタイミングを合わせたかのように、突然、激しい轟音《ごうおん》が遠くの空で鳴り響いた。

「ひゃあっ！」

悲鳴を上げたのは、わたしではなくノアだった。と同時に、飛び上がった彼の体がわたしに絡みつく。

またひとつ雷鳴《らいめい》が響き、ふっと電気が消えた。

「の、ノア……？」

雷よりも、停電よりも、この密着した体勢にわたしの鼓動は速くなった。

床に座っているわたしの腰に、がっちりと回された二本の腕。お腹のあたりに息遣いを感じ、太ももの上に重みが乗っている。

暗闇でよく見えないけれど、ノアは床に這いつくばった状態でわたしにしがみついているんだろう。

「もしかして……雷、苦手なの？」

返事の代わりに、小刻《きざ》みな体の震えが伝わってくる。どくんどくんと早鐘《はやがね》を打つ心音が、ふたつ。わたしのと、ノアのだ。

驚いた。いつも穏やかで怖いものなんてなさそうなノアなのに、まさか雷をこんなに怖がるなんて。人間誰しも意外な一面を持っているものなんだな。

でも……ちょっとかわいい姿が見られてうれしいかも。なんて言ったら怒られちゃうかな。

「ノア」

そうやってわたしに抱きついていると、少しは安心するの？

「大丈夫だよ……そばにいるから」

「うん……」

くぐもった小さな声が、お腹のあたりから聞こえる。まるで幼い子どもになったような彼に、胸がきゅうっとすぼんだ。

わたしはそろりと、彼の髪に触れてみた。

少しくせのある、やわらかい髪。かすかな甘い香り。小ぶりな頭のカーブに沿ってなでると、毛の一本一本が指の間を流れていく。

しばらくそうしていると、ノアの震えはおさまっていった。

停電が回復し、ぱっと部屋に明るさが戻ったのは、それから十分ほど経ったころだった。

「ノア？」

動く様子がないので呼びかけると、返ってきたのは穏やかな寝息。

え、マジで？　この状況で寝ちゃうの？　膝枕で眠るノアを見ながら、わたしは苦笑いをこぼした。

本当に、変な人。

怖がって抱きついてきたかと思えば、無防備に寝落ちして。

いつも明るいかと思えば、複雑な過去を持っていて。

ひょうひょうとしているかと思えば、時にすごく熱くて。

出会ってまだ数日なのに、わたしの心をひょいと持っていった――不思議な人。

うつぶせで眠るノアの背中が、寝息に合わせて上下している。うなじから肩にかけての美しいライン。

襟首が開いた服のせいで、背中が少しのぞいていた。なめらかなその部分の肌に、ほくろらしき茶色が見える。

――って、わたしは何をじろじろ観察してるんだ。変態か。

ひとりで突っこんでひとりで赤面していると、いきなりノアの目が開き、わたしはあせった。

「お、おはよっ」

「誰か叫んでる」

「え？」

寝起きとは思えない俊敏《しゅんびん》さでノアが起き上がり、耳をそばだてる。どうやら家の外から聞こえるらしい。わたしも同じように耳をすましてみたけれど、よくわからない。

「そうかな、何も聞こえないけど……」

「しっ」

ノアは口元で人差し指を立て、表情を張り詰めた。

「女の人の声だ」

「女の人……？」

息をひそめ、外の物音に注意をはらう。

強い風の音、木の葉がこすれ合う音、どこかで空き缶が転がるような音——その中に、かすかに女性の声が混じっているのを、わたしの耳がとらえた。

悲痛な叫び声。何か同じ言葉をくり返している。でも、なんて言っているのかは聞き取れない。

「トモ、って叫んでるんだ」

ぽつりとつぶやいたのは、ノアだった。

「トモ……？」

ってまさか、トモくんのこと？　じゃあ、あの声は実里さん？

「トモー！　どこにいるの、トモー！」

声を発する場所が少し近くなり、こんどはわたしの耳でも聞き取れた。身を引き裂くような絶叫。

トモくんの身に何かが起きたんだ。それだけは明確だった。わたしは床を蹴るように立ち上がった。

「ちょっと行ってくる！」

ノアに断りを入れながら、手はすでにドアノブをつかんでいた。

足先を靴につっこんで外へ出る。横殴りの雪が、わたしの顔面を叩いた。

山道を走って途中まで下ると、吹雪《ふぶき》のむこうに実里さんの姿を見つけた。

「トモー！　お願い、出てきて！　トモー！」

「実里さん！」

「っ……、タマちゃん」

こちらを向いた実里さんの顔に、わたしは思わず息をのんだ。

目が真っ赤に充血し、鼻の頭もそれと同じくらい赤い。いつもきれいに巻いている髪は無残に乱れ、ウールのコートにサンダルという、ちぐはぐな恰好《かっこう》だった。

「どうしたんですか!?」

「トモがっ……トモがいないの！」

わたしの腕を痛いくらいの力でつかみ、実里さんが叫んだ。普段はあんなに大らかで、笑顔を絶やさない実里さんが。

わたしはごくりと唾《つば》を飲む。けれど口内は思いのほか乾いていて、ほとんど空気しか飲みこめなかった。

「いないって、どういうことですか？」

「昼頃、一度帰ってきたんだけど、マナちゃんに会うって言ってまた出かけたの！　でも帰ってこなくて……マナちゃんちに電話したら、来てないって……！」

説明を聞いた自分の顔色が、青ざめるのがわかった。

実里さんはいてもたってもいられない様子で、しきりに視線を動かしている。瞳孔《どうこう》の開いた瞳からは涙があふれてくる。

その涙を吹き飛ばすほどの強風にあおられ、わたしは両足を踏ん張った。

普通に立っているのすら困難な吹雪だ。こんな中でトモくんはひとり、どこに行ってしまったんだろう。

そのとき、集落の方から一台の軽自動車が走ってきた。

「実里ちゃん！　あんた、そんなお腹で何やってんだ！」

そばに止まった車の運転席から、おじいさんが怒鳴る。その隣には、見覚えのあるおばあさんの顔。昼間、トモくんに案内してもらって行った商店のおばあさんだ。

あのときは想像すらしていなかった。まさかこんな事態になるなんて。

ほんの数時間前、トモくんはマナちゃんに告白すると決意し、わたしたちは大いに盛り上がり、一緒においしいドーナツを買ったんだ。

なのになぜ、今こんなことに。

「トモくんのことはみんなに任せて、実里ちゃんは家にいなさい。お腹の子を守れるのは、お母さんしかいないでしょう？」

ね、と諭《さと》すようにおばあさんが言った。実里さんは愕然《がくぜん》とした表情で、けれど小さくうなずく。

おじいさんが後部座席のドアを開け、実里さんを車に乗せた。

「よかったらあなたも一緒にどう？」

「いいえ、わたしはトモくんを探しますから――」

同乗をすすめてくれるおばあさんに断りの返事をした、ちょうどそのときだった。

「子どもの靴があったらしいぞーっ！」

集落の方から、誰かが大声を張り上げた。わたしも他の三人も、いっせいに反応する。

そして次に聞こえた言葉は、わたしたちを絶望に突き落とすものだった。

「森の中だ！」

――戦慄《せんりつ》が、体をつらぬいた。

森。そこに、トモくんの靴が。こんな、大荒れの天気の中で。

もしかしたら、昼間に森で見かけた影はトモくんだったのかもしれない。

くらりと頭が揺れて、気を失いそうになる。それを寸前で留《とど》めたのは、車から聞こえた声だった。

「なんで、あの子……森なんかに……」

口元を押さえる実里さんの両手が、見てわかるほど震えている。

「入っちゃダメって、あれほど言ってたのに……！」

わあっ、と泣き崩れる実里さん。それをおばあさんが必死になだめ、おじいさんが悲痛な面もちでエンジンをかける。

意外にも器用なハンドルさばきでUターンした車が、集落の方へと走り去っていく様子を、わたしは吹雪の中、立ち尽くしたまま見ていた。

『入っちゃダメって、あれほど言ってたのに……！』

実里さんの慟哭《どうこく》が、何度も頭をループする。

そうだ、彼女はいつも口を酸っぱくして言っていたんだ。決して森には入るなと。

わたしが初めて実里さん親子に会った日も、ちょうどそんな会話があったはず。

『こいつが本当、誰に似たのかヤンチャでさ。こないだも子どもだけで森に入ろうとして、先生に叱られたの』

『あれはサトシが誘ってきたんだよ。クラスで誰が一番勇気があるか決めようぜって』

森はトモくんたち子どもにとって、禁じられた場所であり、同時に、勇気を象徴する場所でもあった。

勇気。その言葉を数時間前にトモくんと交わしたのは……わたしだ。

『トモくんの勇気を見たら、きっとマナちゃんもサトシくんもうれしいと思うよ』

『そっか、勇気か』

『そう、勇気だよ』

どうしよう……トモくんをたきつけたのは、このわたしだ。

全身から血の気が引く。上下の歯がカチカチと鳴り、胃から吐き気がこみ上げた。

立っていることすらできず、その場に崩れそうになったわたしを、二本の腕が背後から支えた。

「タマちゃん！」

頭の後ろで声がする。いつの間にかノアが追ってきていたらしい。

けれどわたしは振り返る余裕すらなく、体重をノアに預けたまま言葉をもらした。

「わたし、とんでもないことを……っ」

「何があった？」

「わたしのせいっ……わたしのせいで、トモくんが！」

呼吸がうまくできない。吸っているのに酸素が取りこめない。

こんなことしてる場合じゃないのに。早くトモくんを見つけなきゃ、早く、早く。

「タマちゃん、落ち着いて。男の子がいなくなったの?」

「わたしがっ、あんなこと言ったから、ひとりで森に……!」

酸素が足りなくて、金魚のように口をぱくぱくさせる。ひゅっ、ひゅっ、と喉がせわしなく音をたてる。

ノアがわたしの体を振り向かせ、両肩を強くつかんだ。

「タマちゃん、しっかり」

「どうしようっ……トモくんが……っ!」

「大丈夫だよ、ゆっくり息して」

「どうしようっ……どうしよう、ノア!」

「落ち着いて、タマちゃん。これからもっと天気が荒れる。民宿に戻ろう」

わたしは頭を大きく左右に振った。絶対に無理だ。トモくんが遭難しているかもしれないのに、部屋で待つなんて。

「そんなの、無理っ……」

「大丈夫だから」

「無理だよっ――」

「俺が!」

荒々しい声に、わたしはハッと顔を上げた。

「……俺が、必ずその子を見つける。だからタマちゃんは何も考えずに、俺のことだけ信じて」

肩をつかんだノアの指に、力がこもる。そこから熱い体温が流れこみ、わたしの心まで届いた。

「ノ、ア……っ」

こんな状況で落ち着くことなんて、できない。楽観視なんて、できっこない。

けれど、ノアを信じることなら、できる。

「お願い……トモくんを助けてっ……」

泣きじゃくるわたしに、ノアはやわらかく微笑んだ。

そして、吹雪で乱れたわたしの前髪をかき上げて——。

「絶対に助ける。約束だ」

そっと、おでこにキスをした。

第六章　ありがとう、ごめんね

窓ガラスが、がたがたと激しく鳴っている。牢屋《ろうや》の中の囚人《しゅうじん》が格子《こうし》を揺らしているような、不穏《ふおん》な音。

雪はいつしか暴風雨へと変わり、窓ごしの視界をほとんど遮断していた。

もう何度目になるだろう、時計を見上げると午前一時だった。わたしが民宿に戻ってから、すでに七時間近くが経過している。

天候の急激な悪化により、捜索が中断されたのが二時間ほど前。トモくんはまだ見つかっていなかった。

……ノアは、家に帰っただろうか。

普通に考えれば帰っているはずだ。捜索隊すらも中断を余儀《よぎ》なくされた今、外に留まっているわけがない。

だけど、さっき見たノアの真剣な瞳が頭をよぎる。

『絶対に助ける。約束だ』

もしかしたらノアはまだ、ひとりでトモくんを探しているかもしれない。

わたしは深く息を吐き、窓におでこと両手を押し当てた。

こんなことなら、電話番号くらい聞いておけばよかった。わたしは何も知らない。

彼の名前すら知らないんだ。

もし、トモくんだけじゃなくノアにまで何かあったら……。

そこまで考えて、悪い想像を無理やり止めた。

信じよう。ノアは約束してくれたんだ。わたしに今できることは、彼を信じることだけだ。

そのとき、廊下からノックする音が響き、わたしは「はい」と返事をした。

「まだ起きてたのか、タマちゃん」

ドアを開けたのは、実里さんの旦那さんだった。この緊急事態のために旅行先から急きょ戻ってきたのだ。

「はい、心配で眠れなくて。実里さんの様子は？」

「ようやく寝てくれたよ。泣き疲れたんだろうな」

そう言う旦那さんの顔にも、疲労が色濃くにじんでいる。筋肉質でがっちりした体格の彼が、今はやけに小さく見えた。

「……わたしのせいでこんなことになって、本当にすみません」

わたしは唇をかみながら、うつむいた。

わざとじゃなかった。故意にトモくんをたきつけたわけじゃなかった。

でも、そんなのは言い訳でしかない。結果として招いてしまった事態が、これなのだ。

すると、旦那さんはヒゲの生えた口元に笑みを浮かべて言った。

「それ以上は、あやまるの禁止な。自分を責めるクセがつくと、そこで思考がストップしちゃうからさ」

「……はい」

その通りかもしれない。わたしがこの町に逃げてきたのは、自分を責めてばかりで受け入れられなかったからだ。誰よりもわたしにダメ出しをしてきたのは、お母さんじゃなく、わたし自身だったのかもしれない。

「タマちゃんの親もきっと心配してる。気持ちの整理がついたら、ちゃんとあやまって帰るんだよ」

「知ってたんですか？」

思わず目を見開いたわたしに、旦那さんがニカッと笑う。実里さんによく似た笑顔。

「最初っから気づいてたよ。俺も中学の頃、家出したことあったからさ。そのときは結局、金がなくなって家に戻ったんだけど、もろに親父のグーパン喰らったよ。おかげでほら、これ」

白い前歯を指さして、「差し歯なんだぜ」と旦那さんが笑った。わたしもつられて頬がゆるむ。

笑っていられる状況じゃないときほど、きっとこの人は笑うんだろう。自分のために、そして人のために、笑える場所を作るんだろう。そう思った。

「ありがとうございます……旦那さん」

「うおっ。ＪＫに旦那さんって言われるとキュンとするな」

「前から言おうと思ってたんですけど、ＪＫって呼び方おじさんっぽいですよ」

「マジか」

大げさに肩を落とす旦那さんが可笑《おか》しい。第一印象でカツアゲされそうだと思ったことも、今となればいい思い出だ。

わたしはふと、この数日間のことを反芻《はんすう》した。

この町に来たのは、ただの逃げだった。だけどここで素敵な人たちに出会い、かけがえのない思い出をたくさんもらった。

……大丈夫。

きっと、トモくんは大丈夫だ。

ノアも絶対に戻ってきてくれる。

今はそれだけを信じようと、わたしは改めて自分に言い聞かせた。

旦那さんとの話を終えた後、少し眠ろうと決意してベッドに入った。

神経が張り詰めているから、すぐには寝つけそうにない。そう思ったけど、意外にも眠りはすんなりと訪れた。

——夢の中で、誰かがわたしを後ろから呼んだ。

除々にはっきりと聞こえてくるその声は……お母さん？

『環、走ったら危ないわよ』

今よりずっと若々しく、はりのある…お母さんの声。

『大丈夫だもーん』

答えるわたしの口調もずいぶん幼い。

周囲には鬱蒼とした木々。鳥たちの歌声。

ああ、わかった。これは、あの日だ。子どもの頃、家族でこの町を訪れたときの光景なんだ。

夢の中のわたしたちは、あの日と同じように森を探検している。

どこまでも続くような森の中をひたすら歩き、見えてきたのは、やっぱりあの日と同じ美しい景色だった。

その景色を前に、わたしたちは言葉もなく感動している。

わたしがいて。お父さんがいて。お母さんがいて。そして——。

『……ノア、笑ってるの？』

ふいにわたしが訊いた。

隣にはなぜか、ノアが立っていた。おひさまに溶けそうな金色の髪。

『タマちゃん』

やさしい声が返ってくる。光がまぶしくて、その表情はよく見えない。

ノア……？

笑ってるの――？

目が覚めたときには、嵐はすっかり止んでいた。

あたりはすべての音が消えたように静まり返り、夢で聞いたノアの声が耳の奥に残っている。

妙にリアルな夢だったな……。そう思いながら、わたしはベッドを降りて窓辺に立った。

窓は湿気でくもってむこう側が見えない。水色と紫のグラデーションが、ぼんやりと淡く映っている。朝焼けの色だ。

そっと指で窓ガラスを一度なでると、触れた部分だけがクリアになり、町の景色が小さく見えた。

そしてその部分に、動く人影が現れた。

「っ……！」

わたしは勢いよく窓を開けた。

眼下に広がる集落。朝モヤが漂う早朝の道路に、確かに彼がいた。

トモくんを抱きかかえ、ゆっくりとこちらへ向かって歩いてくる彼が。

「ノア!!」

窓も閉めずに部屋を飛び出した。

けたたましい音をたてながら階段を走り下りる。近所迷惑だとかそんなことは、考える余裕もなかった。

ノアが、帰ってきた！　本当に帰ってきてくれたんだ……！

興奮で手が震え、玄関の鍵チェーンを解くのに手間取ってしまう。心臓がはしゃぐように激しく鳴り、目尻にはすでに涙がにじんでいる。

ようやく玄関を開けたとき、ノアは十メートルほど先に立っていた。

「ノアっ……！」

夢中で駆け寄るわたしの目から、涙がこめかみの方へ飛んでいく。せわしなく吐き出す白い息が顔にかかる。

このまま抱きついてしまいたい。彼の温度を体中で感じたい。

けれどノアを目の前にするとさすがにそれは恥ずかしくて、わたしは彼の正面で立ち止まり、涙をぬぐった。

「よかった……ノア、本当によかった……」

ノアは疲れの見える表情で微笑み、トモくんの体をわたしに預けた。

子どもと言えど意識のない人間の体は重い。わたしはトモくんを腕に抱いたまま、体重を支えきれずぺたりと座りこんだ。

眠っているトモくんの様子を、おそるおそる確認する。大きなケガをした形跡はない。寝息も規則正しくて、わたしはホッとした。

「トモ！」

物音に気づいたらしい実里さんと旦那さんが飛び出してきた。

ふたりの目には我が子しか映っていないらしく、わたしを押しのけんばかりの勢いでトモくんに駆け寄る。

何度か名前を呼ばれたトモくんが、呆《ほう》けた顔でようやく目を開いた。

「……ママ？」

「そう、ママだよっ！」

「俺……帰ってきたの？」

「帰ってきたのよ！　ああもうっ！　よかった……！」

大泣きする実里さんと、鼻をすする旦那さん、そして状況を把握しきれていない様子のトモくん。

そんな親子の姿を微笑ましく見ながら、わたしは立ち上がった。

遠くの山が黄金色に光り、朝日が完全に顔を出す。

わたしがこの町に来て五日目の朝。

悪夢のような一夜は、無事に明けたんだ。

そのときふいに、ノアがいないことに気がついた。実里さんたちに気をとられている間に、黙って帰ってしまったんだろうか。

「すみません。ちょっと出かけてきます」

旦那さんにひとこと告げてから、わたしは勝也さんの家へと歩きだした。


山道に入ると、夜中の嵐の名残がくっきりと残っていた。折れた木の枝がそこらじゅうに散乱し、なぎ倒された木もある。

ぬかるんだ道ですべらないよう、足元に注意しながら歩いていたわたしは、ふと眉をひそめた。

……地面にしみこんだ、小さな赤いシミ。

一定の間隔で点在するそれは、山の上の方へと続いている。最初に見つけたものは十円玉くらいのサイズだったのが、徐々に大きくなっていくのがわかった。

まさか――。

イヤな想像が頭をもたげ、不安が煙のように充満していく。わたしはそれを追い払いたくて、何度も胸をさすった。

けれど勝也さんの家の前に着いたとき、不安は現実になった。赤いシミが道しるべのように、庭を通って玄関へと続いていたからだ。

全身に冷や汗が噴き出し、わたしは狂ったようにチャイムを連打した。

「鍵は開いてる！」

勝也さんの張り詰めた声が中から聞こえた。勝手に入ってこいという意味だろう。それはつまり、手が離せない状況ということか。

不穏な感情がわたしを急かし、ノアの部屋へと駆けこんだ。

「ノア……っ」

思わず、息をのんだ。

ベッドに横たわるノアの、真っ赤に染まった左腕。そして何よりも異様なのは、その顔色だった。血の気がまったくなく、青白い絵の具を塗ったよう。

「大丈夫!?」

「騒ぐな。ケガはたいしたことない」

消毒をしながら勝也さんが言う。

たいしたことない？　そんなわけないいじゃない。これほどまで真っ青な顔をしているのに……。

苦痛にゆがんだノアの表情は、今まで見たことのないものだった。

わたしがベッドのすぐそばに寄ると、ノアが瞳だけでこちらを向いた。必死に笑みを作ろうとする表情が痛々しい。

「早く病院行かなきゃ……あっ、まだ開いてないんだ」

直接行って先生を呼んでこよう。そう思って踵を返そうとしたわたしは、けれどノアが発した声で動きを止めた。

「タマちゃん……いいから」

「いいから、って……」

何を言ってるの？　今は強がってる場合じゃないでしょう？

「ノア、早く診てもらわなきゃ」

「ううん、お医者さん、呼ばないで……。頼むよ」

それは強がりではなく、懇願《こんがん》だった。どうしてそんなことを言うのか、わたしにはまったく理解できない。だけど。

「お願いだから……」

あまりに切実なノアに圧倒され、わたしは振り切ることができなくなってしまった。

「でも、ノア……」

「一生の……お願い」

どうしよう。どうすればいいんだろう。

判断しかねて勝也さんを見ると、彼は神妙な顔つきでうなずく。ノアの意思を尊重してやれ、と言うかのように。

わたしは泣きそうになるのをこらえ、ベッドの横に力なく座った。

「ありがとう……タマちゃん」

ノアが安心したようにつぶやいた。

一点の曇りもない完璧な青だ。窓から見える空は、昨夜の嵐が嘘のように晴れ渡っていた。

だけど、視線を落とせば傷ついて横たわるノアがいる。

あっけらかんと回復した天気のように、ノアもそうなってほしいと願ったけれど、むしろ悪化しているように思えてしかたない。

痛ましい彼の姿を見るたびに、わたしの胸も痛んだ。

「何か食べた方がいいんじゃないか？」

背後から勝也さんが放った言葉は、わたしに向けたものだろう。時計を見ると、とっくにお昼を過ぎている。

「いいんです。何も食べられそうにないから」

食べていないのはわたしだけじゃなく、ノアもだ。彼の食欲は皆無らしく、かろうじて水を少し口にする程度。そんな姿を前にして、食べ物が喉を通るはずがなかった。

「勝也さんの方こそ、何も食べてないいんじゃないですか？」

わたしの知る限り、勝也さんが食事をとっている様子はない。せめて水分くらいは、と思い、昨日まとめて買っていたスポーツドリンクを一本差し出したけれど、彼はあっさりとそれを無視した。

「どけ。包帯を替える」

勝也さんがため息まじりに言い、わたしは場所を移動した。

手際よく包帯をほどく勝也さんの後ろに立ち、あらわになったノアの傷口を確認する。傷は思ったより深くはなく、血もちゃんと止まっていた。さっき勝也さんが言った通り、それほど深刻なケガじゃないのかもしれない。

……でも、じゃあどうして、こんなに苦しそうなんだろう。そういえば、昨日の昼間に会ったときも体調が悪そうだったんだ。

おかしい。何かが、変だ。

言いようのない不安が、胸の中で風船のようにふくらんでいった。それは限界まで膨張《ぼうちょう》し、今にもはち切れそうになる。

「やっぱり、病院に……」

言ったそばから、ノアが「やめてくれ」と言いたげな目でわたしを見た。意識は朦《もう》朧《ろう》としているはずなのに頑なに病院を拒む様子は、執念《しゅうねん》すらも感じさせた。

「どうして……ノア……」

そんなこと言わないでよ。お願いだよ。お医者さんに診てもらって早く良くなろうよ。

……ノアが笑っててくれなきゃ、わたしは笑えない。

いつの間にか君の存在は、わたしの中でこんなに大きくなっていたんだ。

そのあとも幾度となく「病院に行こう」「行かない」の押し問答をくり返し、時間だけが過ぎていった。ただ寄り添うことしかできない、無力な自分がはがゆかった。

外でカラスが鳴いている。もう夕方だ。そろそろ民宿に戻らないと、実里さんたちが心配しているかもしれない。

ベッドの傍《かたわ》らに座ったわたしは、ノアの様子を確認した。さっきより少しは落ち着いた呼吸。どうやら眠っているらしい。

できればずっと寄り添っていたいけれど、そんなわけにもいかず、わたしは物音を立てないよう静かに立ち上がろうとした。

が、ふいに服のすそが突っ張り、動きを止めた。

視線を落とすと、ノアが眠ったままわたしの服をつかんでいた。

――行かないで。まるで、そう言うように。

「ノア……」

離れがたくなる。少しでも目を離したら、ノアが消えてしまいそうな気がする。

唇を噛んで彼の寝顔を見つめていると、突然、横から武骨な手が現れてノアの手に重なった。

「……勝也さん」

「今のうちに民宿に戻れ」

勝也さんがそっとノアの指をほどき、わたしの服から離す。

「……はい」

「チェックアウトして、またここに戻ってくればいい」

「えっ?」

わたしは弾かれたように勝也さんを見る。

「お前はあと少ししか、この町にいられないんだろ」

彼は目を合わさず、ぶっきらぼうに言った。

「こいつのそばにいてやれ」

低くつぶやいたその言葉に、わたしは深々とうなずいた。

「タマちゃん！」

夕方四時すぎに民宿に戻ると、予想していた通り実里さんが声を上げた。

「心配してたんだよ。朝ごはんも食べずに出ていったきりだったから」

「すみません」

「まあ、無事で何よりだけどね」

そう言って顔をほころばせる実里さん。その言葉にはもちろん、我が子に対する想いもふくまれているのだろう。

「トモくんの様子はどうですか？」

「うん、おかげさまで元気。昼過ぎまで爆睡して、起きた直後におにぎり四つたいらげたよ」

「そっか……安心しました」

「あ、でもね、ちょっと変なことが――」

実里さんが何かを言いかけたとき、別の部屋からトモくんの声が響いた。

「嘘じゃねえってば！」

「えー、マジかー」

「マジマジ！　サトシにも見せてやりたかったよ」

「俺も見たかったなあ」

サトシくんというのは、トモくんがケンカをした例の友達だ。

よかった、仲直りできたんだ。何やら盛り上がっている会話を聞きながら、わたしはホッと胸をなでる。

実里さんに視線を戻すと、彼女はトモくんたちの声がする部屋の方を向きながら、肩をすくめていた。

「またあいつ、変なこと言ってる」

「え?」

変なことって？　そう尋ねようとしたとき、キッチンからタイマーの音が鳴った。

「あっ、焼けたかな」

実里さんがオーブンの方へ小走りして行ったので、会話はそこで中断した。

ほどなくして、香ばしいチキンの香りがあたりに広がった。

天板ごとオーブンから取り出した実里さんが、「見て。いい焼き具合」とわたしに向けて言う。チキンは骨付きの大きなもので、そういえば今日はクリスマスだったな、と思い出した。

「今夜はごちそう、いっぱい作るよ。タマちゃん、苦手なものはない?」

うきうきした様子の彼女に、わたしは意を決して話を切り出す。

「すみません……その前にお話が」

「え？」

「チェックアウト、お願いしていいですか」

実里さんは口をぽかんと開けて、数秒間動かなかった。

それから、ハッと我に返ったように何度かまばたきをし、天板をテーブルの鍋敷きに置いた。

「う、うん。もちろん」

「突然こんなこと言い出して、ごめんなさい」

「あやまらなくていいよ。そんなのタマちゃんの自由だもん。……でも、そっか」

寂しさを隠しきれない笑みが、実里さんの顔に浮かぶ。

「とうとう、帰っちゃうんだね。タマちゃん」

「いえ……もう少しだけ、この町にいます」

「もう少しだけ？」

「はい。やらなきゃいけないことがあるんです」

わたしはまだ大事なことをノアに伝えていない。

彼の体が回復したら真っ先に伝えたい、大事なことを。

「だから、それが終わったら……今度こそ家に帰ります」

小さな声で、けれど力強くそう告げると、実里さんがにこやかに目を細めた。

「がんばってね、タマちゃん」

具体的に行き先を告げないわたしに、あえて追及はしない実里さん。

大きなやさしさで包みこんでくれる、お姉さんみたいな人だった。彼女のこの人柄に、わたしはどれだけ助けられただろう。

「あ、そうそう、旦那から聞いたよ。タマちゃんが家出少女だったたって」

いつものさばさばした口調に戻り、実里さんが言った。

「いやあ、全然気づかなかったよー。びっくりしちゃった」

「だましてすみません」

「あやまる相手がちがうでしょ。帰ったらご両親にいっぱい叱られるぞー。ふふふ」

「こ、怖いことを楽しそうに言わないでくださいよ」

「別に叱られたっていいじゃん。叱るのも叱られるのも、生きてるからできることだもん。幸せなことなんだよ」

実里さんはそう言って、ほんの少しだけ瞳をうるませた。

叱るのも叱られるのも、生きてるからできる幸せなこと――。

以前のわたしなら絶対に同意できなかった。けど、この町でいろんな経験をした今なら、ちょっとわかる気がする。

きっとわたしのお母さんも、親が事故で死んでしまったとき後悔したはずだ。たとえ叱られてでも、向き合えばよかったって。

そして、そんな後悔をしないために何かができるのは、今生きている人間だけなんだ。


そのあと、宿泊費の清算をすませたわたしは、二階の部屋で荷物をまとめた。持ち物は衣類とわずかな小物くらいなので、準備はあっという間にすんだ。

階段を下りると、一階の廊下に実里さん、そして旦那さんとトモくんもそろって待ってくれていた。

「本当に、お世話になりました」

旦那さんに深々と頭を下げる。「うん」と頭上から返ってくる声は、心なしかしんみりしていた。

わたしはその体勢のまま、旦那さんの横のトモくんに視線を移した。

「タマちゃん……行っちゃうんだ」

怒ったような、すねたような、複雑な表情で見上げてくるトモくん。

ひとりっ子のわたしにとって、この数日間は弟ができたみたいでうれしかった。

「トモくん。サトシくんと仲直りできてよかったね」

「うん。マナちゃんもさっき来てくれて、俺、告白したよ」

「すごいじゃん！」

それは、ほんの二時間ほど前のこと。お見舞いに来たマナちゃんに、トモくんはついに告白をしたらしい。

が、返ってきた答えは「ノー」。

マナちゃんいわく、『森で勇気を証明するようなガキはお断り』だったそうだ。

「あはは。やっぱ女の子の方がしっかりしてるね」

実里さんが笑うと、

「もう女子なんか知らねえ。サトシと遊んでるのが一番楽しいや」

と、トモくんがふくれっ面になった。

けれどその表情は、どこか清々《すがすが》しくも見える。

トモくんは、自分の気持ちをちゃんとぶつけたんだ。大事なのは結果じゃない。自分が、自分の心を大切にしてあげること。

わたしもノアに伝えよう。

固い決意が胸に宿るのを感じながら、わたしは床に置いたバッグを持ち上げ、肩にかけた。

「あ、そうだタマちゃん」

ふいに実里さんが言った。

「名前、訊いてもいい？」

一瞬、きょとんとしてしまったわたし。それからすぐに、「あっ」と気づいた。

そういえば、この民宿に泊まることが決まった日、でたらめの名前を実里さんたちに伝えていたんだっけ。

でも、嘘はもういらない。

本当のわたしをこの人たちに知ってもらいたい、と思った。

「環です。小林環」

「環ちゃんか。じゃあ、これからもタマちゃんって呼べるね」

「はい……これからも」

これからも、よろしくお願いします――。

旦那さん。実里さん。トモくん。そして、実里さんのお腹にいる赤ちゃん。

この町に逃げてきたわたしが、偶然出会った温かい人たち。

ここで過ごした数日間、わたしは数えきれないほどの大切なものをもらった。

じわりと目頭が熱くなり、鼻の奥がつんとする。実里さんたちにバレないよう、小さく鼻をすすった。

「また会いに来ます。絶対に絶対に、会いに来ます」

わたしは笑顔でそう告げて、大好きな人たちに手を振った。

急ごう。早く、ノアのもとへ。

気持ちが急《せ》いて、足がひとりでに山道を駆け上る。『あとで食べてね』と実里さんが持たせてくれたお弁当が、バッグの中でカタカタと鳴っている。

勝也さんの家に着くと、わたしは息を整えてチャイムを押した。が、中からの反応がなく、ドアノブに手をかけてみる。鍵はかかっておらず、扉があっさり開いた。

玄関には、あるはずの靴がなかった。胸騒ぎがして、わたしはノアの部屋に駆けこんだ。

「……いない」

もぬけの殻になったベッド。勝也さんの姿も見当たらない。

ふたりしてどこに行ったんだろう。もしかして病院？　勝也さんが連れていったんだろうか。

でも、あんなに病院をイヤがっていたノアが素直についていくとは思えない。まさか、ノアが拒むこともできないほど、容体が悪化したの……？

わたしは荷物を置いて家を飛び出した。

夕焼けが怖いくらいに赤く景色を染める中、必死で彼の姿を探す。いない。

もし病院に行ったのなら隣町だ。バスはまだあるだろうか。わからないけど、とりあえず行こうと思った、そのとき。

「ノアっ！」

前方に探していた姿を見つけ、わたしは安堵の混じった声で叫んだ。

「あ、タマちゃん」

のん気な口調で答えながら、ノアがゆっくり歩いてくる。

「どこに行ってたの!?」

「ごめん。ちょっと、散歩にね」

「……は？」

予想外のお気楽な発言に、わたしは拍子抜けして膝から崩れそうになった。

う、嘘でしょ。人がこんなに心配したのに、散歩って、散歩って……。

「バカ！」

ノアのコートのすそを、両手で乱暴につかむ。

「心臓止まるかと思ったじゃん、ノアのバカ！」

「ごめん」

「でも、よかった……！」

声を震わせたわたしの体を、ノアがやさしく引き寄せた。

あ――今、わたし、ノアに抱きしめられてる。

それこそ心臓が止まっちゃいそうな状況なのに、安心感の方が大きくて、離れようとは思わなかった。

ノアの温もりを感じながら、わたしもそっと彼の背中に腕を回した。

「俺、タマちゃんにいっぱい心配かけちゃったな」

「ううん。びっくりしたけど、散歩できるくらい元気になったってことだもんね。もう、大丈夫だよね？」

「……ん。不安にさせてごめん」

視界のすべてがノアの体で覆われている。ああ、こんなにも、すぐそばに君がいる。どこにも行かないで。目の前から消えてしまわないで。ずっとずっと、君がいる世界で生きていきたいよ——。

だからそのために、今、ちゃんと伝えなくちゃ。

「……ノアに、本当のことを言うね」

彼の背中に回した手に力をこめて、わたしは話し始めた。

「わたし、ひとり旅なんかじゃないの。逃げてきたんだ。本当の名前は小林 環。N県に来たのは、スキー場で七日間だけアルバイトをするはずだったから。だけど、わたしは友達から逃げて、東京の親からも逃げて、この町に来たの」

「……………」

「でも、今はもう逃げたいとは思ってない。だって」

だって――。

「ノアがいるから、わたしはがんばろうって思えるんだ」

瞬間、わたしを抱きしめる彼の力が強くなった。

コートの生地で頬がこすれて、かすかに甘い香りがする。それを胸いっぱいに吸いこんだ。

「東京に戻っても、ノアに会いにくる。これからも一緒にいよう」

やっと、言えた……。一番伝えたかった言葉。

想いを口にしただけなのに、なぜか涙腺がゆるんでくる。

初めて知った。誰かを心から想う気持ちは、それだけで泣けてしまうものなんだ。

とくとくと、鼓膜《こまく》を揺らすふたつの心音が重なった、そのとき。

「……ありがとう」

静かな声が降ってきた。

「タマちゃんのおかげで、俺、最高の思い出ができた」

そのセリフに、わたしは腕をほどいて彼を見上げる。

「そんな言い方しないで、ノア。これからも一緒に、思い出いっぱい作ろうよ」

「うん。でももう、じゅうぶんもらったから」

「たったの数日間じゃない」

無意識に口調が強くなる。すがりつくようなわたしとは真逆に、ノアは穏やかな表情で首を横に振った。

「ううん、ちがうんだ。タマちゃん」

「ちがう、って……」

「俺はもう、思い出いっぱいもらってるんだよ」

——え？

わけがわからず、ノアの顔を凝視する。こんなにも至近距離で向き合っているのに、なぜか急に彼が遠く見えた。

「ノア……何言ってるの？」

つかめない虹を見ているようで、胸に不安がこみ上げる。寂しさとも、あきらめとも、慈《いつく》しみともとれる不思議な色を浮かべるノアの瞳。

「……ずっと、タマちゃんを見てた。そばにいなくても、俺の心の中にはいつもタマちゃんがいたんだ」

「ノア……？」

「えーっ、嘘だろ!?」

突然、子どもの声が山道の下の方から響いた。

よく通るその声に驚き、わたしはノアから体を離してそっちの方を向いた。

「それがマジらしいぜ。サトシがトモから直接聞いたって、さっき言ってたもん」

このあたりを子どもが歩いていることはたまにあるので、普段なら気にすることはない。けれど、会話から少年たちがトモくんの友達だとわかり、とっさに耳が反応した。ノアも真剣な表情で、声の方向を向いている。

「トモのやつ、そんな変なこと言ってたのかよ」

……変なこと？

そういえば、実里さんもさっき、そんなことを言っていたっけ。

「信じらんねえなあ。どうせトモ、遭難してパニックになってただけだろ」

「やっぱそうかな」

「だってさ、そんなのありえねえだろ」

びゅうっ、と空気を切るような風が、そのとき吹いた。

「遭難したトモのことを、――が見つけてくれたなんて」

え……？　今、なんて言ったの？

風に半分かき消された言葉を、わたしの耳はかろうじて拾ったはずだ。

けれど、その言葉の意味を理解することを、脳が拒む。日本語として頭が処理しない。

「だよな。しかも、——が——とかさ」

「ぶはは！　ますますありえねえよ」

「やっぱガセネタかあ。——なんて」

「あっ、夕焼け小焼けが鳴ってる。もう帰ろうぜ」

「そうだな」

少年たちが集落の方へ戻っていき、話し声も遠ざかっていく。

夕方五時を報せる夕焼け小焼けのメロディが止むと、あたりはしんと静まり返った。

わたしはノアの方に向き直った。ぼんやりとした彼の表情からは、なんの感情も読み取れない。

脳が少しずつ動き出し、さっきの少年たちの会話が頭に響いた。

『そんなのありえねえだろ。遭難したトモのことを、犬が見つけてくれたなんて』

『だよな。しかも、その犬が人間の姿に一瞬で変わったとかさ』

『ぶはは！　ますますありえねえよ』

『やっぱガセネタかあ。犬に助けられたなんて』

頭が、ぐわんぐわんと揺れている。立ち尽くす自分の足が、ずぶずぶと地面に沈んでいくような気がする。

夕闇があたりに下りてきて、山の草木も、ノアの顔も、輪郭《りんかく》をなくし始めていた。

「……あはっ……」

わたしの唇から、弱々しい笑いがもれた。

「何を、言ってるんだろうね。あの子たち」

「……」

「犬がトモくんを助けたなんて、あるわけないじゃんね」

「……」

「トモくんを助けたのは、ノアだもんね」

「……」

「ねえ、ノア」

「……」

「何か言ってよっ……ノア」

どんっ、と目の前の胸を叩くと、手ごたえなくノアはよろめいた。一歩後ろに下がった彼が、何も言わずわたしを見下ろす。

困惑がわたしの体中を暴れ回り、呼吸が荒くなった。

どのくらいの間、ふたりとも黙っていただろう。沈黙を破ったのはノアだった。

「そういうこと、だよ。タマちゃん」

そういうこと？

意味がわからない。わかるけど、わかりたくない。

お願い、そんな真剣な顔で、変なことを言わないで。

「ノア……わたしのこと茶化してるんだよね？」

「茶化してない。本当のことなんだ。タマちゃんだって、最初に言っただろ。昔飼ってた犬に俺がそっくりだって」

そうだ。確かにわたしは言った。

まんまるの黒い瞳も、好奇心旺盛で今すぐ飛び出していきそうな雰囲気も、なつかしいあの子にそっくりだと思ったから。

「でもっ」

騒がしい心臓のあたりを手で押さえ、わたしは彼に食い下がる。

「あのとき、ノアは否定してたじゃない。犬に似てるなんて失礼だって」

「否定はしてないよ。いきなり当てられて驚いたのは事実だけど。それに、失礼って言ったのはそんな意味じゃない。俺のことを死んだってタマちゃんが言うから、失礼だなって言ったんだよ」

さらりと彼が口にした『俺のこと』というセリフに、めまいがする。わたしは倒れないように足を踏ん張り、あのときの会話を思い出した。

『で、何。俺がその死んだ犬に似てるって？』

『うん、似てる。あの子が生き返ったみたい』

『ひどい言われようだな……』

確かに彼は、〝死〟とか〝生き返った〟とかいう部分に対してのみ、否定的な反応を示していた。自分が犬じゃない、とはひとことも言っていない。

でも、ちょっと待って。

犬のノアは、わたしが十歳のときに死んだはずだ。

「タマちゃん。よく思い出して」

わたしの疑問を読んだかのように、ノアが言った。

記憶の糸を必死にたぐり寄せる。

あれは十歳のとき――。

そうだ、わたしたち家族は今のマンションに引っ越すことになり、ペットが飼えないために、犬のノアを泣く泣く手離したんだ。たしか、東京よりずっと寒い地方に住む、母の友人の家に引き取られたのだと覚えている。

わたしたちは離ればなれになり、それ以来、ノアには会えなくなった。

わたしはもう一度ノアと暮らしたくて、いつまでも未練がましく引きずっていると、ある日、親が言ったんだ。

『環。ノアはね、病気で死んでしまったんだって。だからもう、会えないの』

あれは、親がわたしのためについた苦しまぎれの嘘だったのかもしれない。

だけど幼いわたしは、犬のノアが本当に死んだのだと信じきっていたのだ。

「……生きて、たの？」

震える声で尋ねたわたしは、とっさに口をつぐんだ。

訊いたら認めたことになるじゃないか、目の前のノアが、あの犬のノアだと。

そんなわたしの想いとは裏腹に、彼は無言で、けれどきっぱりとうなずいた。

……ありえない。ありえないはずなのに、彼と過ごした数日間の出来事が次々によみがえる。

無邪気な仕草。

宝探しが得意なこと。

文字をちゃんと書けなかったこと。

部屋に落ちていた綿毛。

昔の日課だったラジオ体操。

雷を怖がってわたしに飛びついたこと。

背中のほくろのような茶色い印。

そして、わたしが彼に感じていた不思議な安心感。

そのすべてが、犬のノアだと思えば納得がいってしまう。

でも、そんなことあるはずがない！　認めてしまいそうになる自分を、わたしの中の常識が全力で否定した。

「いいかげんにしてよ、ノア。変なこと言わないで。犬だなんてっ……バカなこと言わないでよ！」

一息に叫ぶと、頭が酸欠でくらくらした。わたしはふらつく足元をにらみつけ、大きく息をする。

その呼吸に重なるように、彼の寂しげな声が、ぽつりと落ちた。

「ごめん……俺が、人間じゃなくて」

わたしは弾かれたように顔を上げた。

切なく歪んだ表情を見て、ずきんと胸が痛む。後悔に似た感情が、体の中を一気に突き上げた。

「ち、ちがうのっ、ノア。そんな意味で言ったんじゃ――」

「もう、タマちゃんのそばにはいられない」

「やめてっ」

彼の腕にすがりつく。やめて。やめて。そばにいられないなんて、どうして。

「ねぇノア、人間だとか犬だとか、本当はそんなことが言いたいんじゃないのっ。わたしはただ、ノアがそばにいてくれたらっ……。ねえ、一緒にいようよ、わたしと一緒にいてよ……！」
恥も外聞《がいぶん》もなかった。すがることで引き止められるなら、いくらでもすがってやる。
そうでもしなくちゃ、本当に彼がいなくなってしまう。それはほとんど確信だった。
頭の上の方で、ノアが息を吸いこむ音がした。
「ありがとう……でも本当にごめん。もう、限界なんだ」
その言葉を言い終えるや否や。
正面に立っていた彼の体が、半円を描くように真横へと傾いた。
ずさり、とイヤな音が地面から聞こえる。冷たい泥がはねて、わたしの足にかかる。
おそるおそる視線を落とすと、そこにあったのは力なく横たわる彼だった。
「ノアっ!!」
わたしの叫び声が、冬の星空に響いた。

第七章　幸せの場所

＊＊＊

「環ー。いいかげん、出てきなさいよ」

それは十歳のときの記憶だ。部屋の外の廊下から、お母さんがあきれた口調で呼びかけてくる。

勉強机にもたれて体育座りしていたわたしは、膝を抱く腕にぎゅっと力をこめた。

「ヤダ！　行かない！」

「じゃあ、もうバイバイでいいのね？」

「えっ……」

「環が出てこないなら、このままノアを引き取ってもらうしかないでしょう」

「ダメ！」

わたしは勢いよく立ち上がり、籠城《ろうじょう》していた自室から飛び出した。

涙と鼻水を垂れ流しのわたしに、お母さんがハンカチを手渡し、「ほら」と言って玄関の方へ背中を押す。

そこには温和そうな女性が立っていて、犬のノアが傍らでおすわりをしていた。

「サユリ、ごめんね。わざわざ迎えに来てもらったのに、おまたせしてしまって」

お母さんが申し訳なさそうに言う。

「ううん、いいのよ。娘さんが寂しがるのも当然だもの」

お母さんと古い付き合いらしいその女性が、わたしに微笑みを向けてきた。やさしい視線がいたたまれず、あわてて目をそらす。

「でもサユリ、本当にお願いしてもいいの？　ノアはもう人間で言えばオジサンの歳なのに、引き取ってもらうなんて」

「もちろん。うちにはノアちゃんの兄弟もいるしね」

「そう言ってもらえると、本当にありがたいわ。引っ越し先のマンションはペットが飼えなくて、途方に暮れてたから」

「うちは東京とちがって田舎暮らしだけど、その分、動物を飼いやすいのよ。ノアちゃんのことも精いっぱいかわいがるから、安心してね」

なごやかに話す大人たち。それを尻目に、わたしの悲しみは増すばかりだった。

「環、ノアにお別れしなさい」

お母さんの手が肩に乗る。けれど涙ばかりがあふれ出て、肝心の言葉が出てこない。物心ついたときから、片時も離れずそばにいたノア……。この子がいなくなるなんて、光がない世界を歩くようなものだった。

すると、お母さんはわたしの目の高さまでしゃがみこんで言った。

「たとえ離れても、ノアはずっと環を見守ってるよ」

「……本当に？」

わたしはお母さんではなく、ノアの方を見つめて尋ねた。彼の黒い瞳がまばたきをして、うなずいたようにも見えた。

「ノア……本当に、ずっとわたしのこと見守ってくれる？」

ぱたぱたとしっぽが揺れる。ピンク色の舌がわたしの涙をなめて、くすぐったくて身をよじった。

金色が混じったクリーム色の毛。甘い匂い。背中の茶色い小さな印。

全部が愛しくて、全部がわたしの光だった。

「これからも見守っててね。絶対、絶対だよ……！」

＊　＊　＊

ねえ、ノア。

幼いわたしが一方的に交わした、あの約束。

君は、ずっとあれを覚えていたの――？

ベッドに沈みこんでいく彼の体は、体温を失ったように冷たかった。

靴を脱がせるのを忘れていたことに気づき、わたしは投げ出された彼の足からスニーカーを引っこ抜いた。

さっき山道で倒れた彼を、わたしは勝也さんの家までおぶってきたのだ。

いくらノアが華奢《きゃしゃ》とは言え、普通に考えれば女ひとりで運べるわけがない。

けれど彼の体は驚くほど軽かった。そう、まるで人間じゃないみたいに――。

「ノア、大丈夫？」

冷たい手を握って呼びかける。意識はかろうじてあるらしく、うっすら開いたまぶたから黒目がこちらを向いた。

「お願い、しっかりして。元気になったと思ったのに、なんでまたっ……!?」

「しかた、ないんだよ」

しぼり出すような声が、紫色の唇からもれた。

「俺は、もう……寿命だから」

「そんなわけないじゃないっ」

こんなに若いのに。どう見ても、わたしと同じくらいの歳なのに。寿命だなんて恐ろしい言葉、聞きたくない。

「ごめんね……。俺たちは、人間よりずっと速いスピードで、歳をとる。俺は、タマちゃんと同い年なんだ。若く見えても、もう……」

「そんな──」

わたしはへなへなとお尻を床につけた。

本当に本当に、君はあのノアなの？　信じられない。こんなことが現実に起きるなんて。

「どうして、人間の姿に……」

愕然としてつぶやくと、ノアの口元がかすかに微笑んだ。

「タマちゃんの、おかげだよ。俺の命は、本当なら五日前に尽きるはずだった。……それがまさか、タマちゃんまで、森で死にそうになるなんてね」

ふふ、とノアが弱々しく笑う。

五日前。それはわたしがこの町に逃げてきた日だ。

「俺は、願ったんだ……。自分の寿命が尽きる前に、最後にもう一度だけ、タマちゃんに会いたかった」

君と同じ、人間として──。

語尾に付け加えられたその言葉には、どこか満足したような響きが宿っていた。

黒く輝く、きれいな瞳。まっすぐにわたしを見つめるまなざし。

愛しくて、なつかしくて、ああもう否定はできない。

まちがいなく、君は。

「ノア……」

名前を呼ぶと、彼はうれしそうに顔をほころばせ、力のない腕をわたしの方へ伸ばした。

「そう、俺の名前はノア――大好きな人が、いつも呼んでくれた名前」

嗚咽をこらえることはできなかった。ぶわっと視界がにじんで、わたしは顔をくしゃくしゃにして泣いた。

ノアの冷たい指が頬に触れ、涙をぬぐう。その指に自分の手を重ねると、力いっぱい握りしめた。

……神様。神様。神様。

どうかもう一度だけ、奇跡を起こしてください。

ノアを連れていかないでください――。

漆黒から紺色へ。やがてピンクのグラデーションが混じり、そして透明な水色へ。

窓に切り取られた空は、時とともに色を移していった。

東向きのこの部屋には、朝陽がふんだんに注がれる。ただでさえも白いノアの顔を照らし、より一層白く見せていた。

この町で迎える六日目の朝。ずっとまともに寝ていないせいで、時間の感覚がおかしくなりそうだ。

ノアはほとんど眠ったままで、時々、苦しそうにうなり声を上げた。そのたびにわたしは背中をさすったり、水を飲ませたり、励ましの言葉をかけ続けたりした。

目には見えないけれど、ノアの体から少しずつ生気が抜けていっている気がする。砂がこぼれ落ちるように、音もなくゆるやかに。

寿命、という言葉を思い出し、わたしは身震いをした。

悪いことを考えるのはよそう、と自分に必死で言い聞かせる。

「ん？　お水？」

彼の口元がかすかに開閉しているのに気づいたわたしは、脱脂綿《だっしめん》に水をふくませた。

昨夜の時点では上体を起こしてあげればコップから水が飲めたのに、今日になってからはその力もないようだ。だから、こうして湿らせた脱脂綿を口元に運び、少しずつ水分を与える。

が、ついにそれさえも難しくなったらしい。脱脂綿からしたたる水は、ノアの喉へと通ることなく、唇のはしから筋を作って流れ落ちた。

「ノア……っ」

いたたまれなくて、胸が張り裂けそうになる。

水さえも受けつけなくなったら、もう命は長くない。どこかで聞いたそんな豆知識が脳裏をよぎり、振り払うように頭を振った。

「がんばって。お願い……」

どうして見守ることしかできないんだろう。目の前でノアが、こんなにも弱っているのに。ノアに助けてもらったわたしの命の、半分だけでも分けることができたらいいのに。

ねえ、ノア。やっとわたし、君に伝えたい言葉を言えたのに、こんなの悲しすぎるよ。

ノアだって、願いが叶って人間の姿になれたんでしょう？　これからふたりで一緒にしたいこと、いっぱいあるじゃん。

君の無邪気な笑顔、もっと見せてよ。宝探しも、まだ途中だよ。あのきれいな景色、一緒に見るんじゃなかったの……？

「少しは眠ったらどうだ？」

いつの間にか部屋に入ってきていた勝也さんが、背後から言った。わたしはそれに答えず、背を向けたまま質問を口にした。

「勝也さんは、知ってたんですか？　ノアの秘密を」

「……」

彼もまた答えない。けれど沈黙は今、何よりの肯定だった。

違和感が、ふと脳裏をかすめた。それはきっと心のどこかで、前から感じていたこと。

「勝也さん。もしかして——」

言いかけた言葉は、途中で切れた。わたしの隣まで歩いてきた勝也さんが、言葉を遮《さえぎ》るように、大きな音を立てて床に座ったからだ。

思わず肩が跳ねるほどの音だったのに、ノアはまったく反応を示さない。

勝也さんがおもむろにノアの腕をとり、手首に指を置いて脈をみる仕草をする。それから、口を開けて舌の色をみたり、まぶたを持ち上げて眼球をみるような仕草。

一連の動きのあと、勝也さんは重いため息を吐き出した。

「もう、命は尽きかけてる……」

目の前の光景が、地震のように揺れた。だけど揺れているのは世界ではなく、わたしの体だった。

頭が真っ白になり、平衡《へいこう》感覚を保てない。ひどい耳鳴りがする。

谷底へと引きずりこまれていく感覚に襲われ、わたしはノアが寝ているベッドのシーツを握りしめた。

「嘘……ノアが死ぬわけ、ない」

信じない。絶対にそんなこと、信じない。

「ノア……お願いだから、がんばってよ……！」

ずっとわたしを見守っててくれるんでしょう？　元気な姿を見せてよ、ねえ。

体をそっと揺らしてみても、望む反応は返ってこない。弱い呼吸をくり返すだけの唇からは、あの愛しい声が聞こえてこない。

その現実が受け入れられなくて、わたしは顔をそむけて立ち上がった。

「逃げるな！」

部屋を飛び出す寸前に引き止めたのは、勝也さんの声だった。

わたしは立ち止まり、ドアノブをつかんだ指を見つめながら、消え入りそうな返事をした。

「でも……もう、つらくて見ていられないんです」

「そうやってお前は、苦しいことから逃げ続けるのか？」

勝也さんの放った言葉の矢が、心臓に突き刺さる。

「考えろ。なんのために、ここにいるんだ」

その言い方はまるで、わたしがこの町に逃げてきたことを知っているかのようだった。けれど、なぜ彼が知っているのかという疑問すら、今のわたしにはどうでもいい。

ノアが、死んでしまう。この世界からいなくなってしまう……！

指先が激しく震えていた。頭がぐちゃぐちゃで、視界も同じくらい涙でぐちゃぐちゃになっていく。

わたしはぎゅっと目を閉じると、両手で耳を押さえてうずくまり、かぶりを振った。

「もう……イヤ……っ」

何も見たくない。何も聞きたくない。何も感じたくない。

つらいのは、もうイヤだ。傷ついて、絶望して、ただひとつ見つけた光すらも奪われて。

こんな苦しみばかりの現実に、なぜわたしは存在しなくちゃいけないの。

意味も価値もわからない。そんなもの、きっとない。

なのになぜ、なぜ――。

とめどなくもれる激しい嗚咽で、まともに呼吸ができなくなる。いっそこのまま自分が消えてしまえばいい、そう思ったとき。

勝也さんの声が、ぽつりと部屋に響いた。

「お前は永遠に死なないのか？」

「……え？」

わたしは泣き濡れた目を見張り、勝也さんの方を振り返る。

息をのむほど真剣なまなざしが、そこにあった。

「命あるものは必ず死ぬんだ。ノアだけじゃない。お前の家族も、友人も、教師も、お前自身も、いつかは必ず終わりの時が来る。ノアはその姿を見せてくれているんだ。目をそらすな」

力強く撃ちこまれた想いが、わたしを根底から揺さぶった。

射抜くような勝也さんの表情を見つめ、それからノアを見た。

青白い皮膚。くぼんだ目元。血の気を失った唇。ノアの命。

「……ノア」

小さく名前を呼ぶと、彼の唇がほんの少しだけ、動いた。

声は出ていないし、何も聞こえない。だけど、わたしの名前を呼んでくれたのがわかったから、胸がいっぱいになる。

「ノア……ノア……」

わたしの声、君にはちゃんと届いているんだね。

ごめん。ごめんね。弱虫でごめん。

君はいつだって、こんなにもただ、まっすぐなのに。

わたしは震える足に力をこめて、ゆっくりと立ち上がった。

……目をそらしちゃ、いけない。

ここで逃げたら、わたしはずっと本当の意味で変われないままだ。

きゅっと唇を噛んで、ベッドに寄り添うように腰を下ろした。

「最期まで見届けてやろう」

勝也さんの手が、頭をぐしゃぐしゃとなでた。

終わりのないモノなんてないのに、どうしてわたしたちは誰かを愛してしまうんだろう。

求めて、願って、それでも見つからない永遠の幸せは、いったいどこにあるんだろう。

ぱちん、と電球に明かりが灯り、部屋の中が明るくなった。いつの間にか日が暮れていたのだと、勝也さんが電気を点けてくれたことで初めて気づく。

壁にもたれて腰を下ろした勝也さんも、ベッドの傍らでノアに寄り添うわたしも、さっきからずっと黙りこんだままだ。

『最期まで見届けてやろう』

勝也さんの言葉にうなずいてから、長い長い時間が過ぎた。

その間もノアの意識は、生と死の間をさまよい続けた。

もうダメだ。何度もそう思ったけれど、ノアはそのたびに持ちこたえた。ほとんど驚異的とも言える忍耐力《にんたい》で。

「……がんばって」

同じ言葉をくり返し、彼の寝顔に訴える。だけど、がんばれと言うのが正しいのかどうか、だんだんわからなくなってきた。

限界はとうに超えているはずだ。それでも必死に、ノアは命のふちにしがみついている。どうしてそんなにがんばれるんだろう、と切なくなるほどに。

胃がきりきりと痛い。実里さんがくれたお弁当を少しでも食べようとしたものの、まったく喉を通らなかった。ハンバーグ、ポテトサラダ、トマトのマリネ、ハート型の目玉焼き。ノアが元気なときなら、絶対に喜んで食べたはずだ。

わたしの分までぺろりとたいらげて、ふにゃりと幸せそうなあの笑顔を浮かべて――。

「……っ」

泣くな。こんなにがんばっているノアの前で泣いちゃいけない。

そう自分に言い聞かせても、涙は勝手にあふれてくる。

わたしはしゃくり上げながら、ノアが寝ているシーツに顔をうずめた。

確実に近づいている、君の最期。

目をそらさずにその瞬間を見届けることなんて、本当にわたしはできるんだろうか。

そっとノアの体に触れると、それは砂をつかんでいるようで、指の間からこぼれ落ちていく気がした。

……少し、泣き疲れたのかもしれない。ベッドに突っ伏したまま、いつの間にか眠ってしまったらしい。

なつかしい声が遠くで響いた。

漂うような意識の中。わたしはまた、あの夢を見ている。

『環。走ったら危ないわよ』

『大丈夫だもーん』

幼いわたしと、若い両親。

深い緑に囲まれた森。

鳥たちの声が反響し、地面には木の葉の影が揺れている。

われ先にと先頭をきって進むわたしの足元で、はっ、はっ、と短い息が聞こえた。

ノアだ。

やわらかいクリーム色の毛を揺らしながら歩く、犬のノア。

ああ、そうだった……。あのとき、君もこの町に来たんだったね。お父さんの車に揺られ、初めて一緒に旅行をしたんだ。

泣きたいくらいの幸福感にあふれた遠い日を、わたしは夢の中でなぞっていく。

森を歩いて、たくさん歩いて、たどりついたあの景色。言葉をなくして見とれる幼いわたしの横には、やっぱり君がおすわりしていた。

いつも、君が隣にいた。

暑くても寒くても。うれしいときも悲しいときも。わたしの世界は、君のいる世界だった。

『……ノア、笑ってるの？』

どれくらい景色に見とれたあとだっただろう。ふいに隣の君を見ると、まるで笑っているような表情だったんだ。

『お母さーん。ノアが笑ってる』

『やあね。犬が笑うわけないいじゃない』

『だって笑ってるもん』

絶対笑ってるよ！　と主張すると、お母さんはふふっと目を細めた。

『環は、ノアが笑ってるとうれしいのね』

『うん！』

わたしはノアの体を横から、ぎゅうっと抱きしめた。

『ノアが笑ってくれるとうれしいよ。だってノアのこと、世界で一番好きだもん！』

ふわふわと揺れるしっぽが、わたしの頬をくすぐる。

大好き。

大好き。

ノア、大好き――。


……コチ、コチ、と規則正しく時を刻む秒針とともに、わたしは目を覚ました。

時計の音以外は消えてしまったかのような静けさ。

座ったままの無理な体勢で眠っていたせいか、体の節々《ふしぶし》が痛い。部屋を見回すと、勝也さんの姿はなかった。

ベッドの上に視線をゆっくりと戻す。

と、さっき夢で見ていたのと同じ、まんまるの黒い瞳がそこにあった。仰向けに寝て顔だけこちらに向けたノアが、わたしをじっと見つめていた。

「ノア。起きてたの？」

問いかけて、そしてハッとした。彼の表情が、あまりにも安らかできれいだったから。

雲ひとつない空のように澄みきって、波ひとつない海のように穏やかで。

その顔を見た瞬間、わたしの心臓がどくんと跳ね上がり、すべてを悟った。

ノアの命が、最後の火を灯している。

とうとう〝その時〟が来たのだと。

「ま、待って……っ」

お願い、待って。まだ行っちゃイヤだ。

鼓動が急激に速くなり、気持ちばかりあせってうまく言葉にならない。

どうすればいいの？　いったいどうすればノアの命をつなげるの？　探しても見つかるはずのない救いの方法を、必死で探そうとする。

そんなわたしの感情すらも丸ごと包みこむように、ノアは清らかに微笑んだ。

「タマちゃん。お誕生日おめでとう」

息をのみ、時計を見上げた。二本の針が重なって、数字の十二を指している。

この町に来て七日目――。

わたしは十六歳になったんだ。

「ねえ、知ってる？」

視線を戻したわたしに、透き通るような声でノアが言った。

「俺も、同じ誕生日なんだよ」

「え……？」

「俺はタマちゃんと同じ日に、タマちゃんが生まれた病院の庭で、生まれたんだ」

知らなかった。物心ついたときには、ノアが家にいるのが当たり前だったから。

「タマちゃんのお父さんが、俺を見つけてくれたんだよ。一緒に生まれた兄貴は、サユリさんっていう人の家に引き取られ……そして俺は、タマちゃんの家族と暮らすことになった」

今にも消え入りそうな声をしぼり出し、ノアが懸命に語る昔話が、わたしの胸にしみこんでいく。

十六年前の今日。きっとわたしたちは、あふれるほどの笑顔に包まれていた。

「タマちゃん……俺たちは、一緒に成長したね。いつもふたりで遊んで、たまにいたずらして叱られて。俺の世界には、どんなときでもタマちゃんがいたんだ」

「ノ、ア……」

涙がぼとぼと、こぼれていく。

そうだよ、ノア、いつも一緒だったじゃない。だから行かないで……わたしをおいて行かないで。

「俺は、今日まで十六年間、タマちゃんがいる幸せな世界で生きてきた。十歳のときから離ればなれになったけど……たとえそばにいられなくても、心にはいつも君がいたから、幸せだった」

「やめてっ」

わたしは思わず叫んだ。

「そんなお別れの言葉、言わないで。せっかくまた会えたのに、ノアがいなくなったらわたし、どうすればいいのっ……」

彼の細い腕をつかみ、懇願する。次から次へと涙が落ちて、シーツにしみこんでいく。

そのときだった。

「俺と、出会わなければよかった？」

「……え？」

突然の問いかけに、わたしは言葉を失った。まるで時が止まったように、目を見開いたまま彼を見つめる。

ノアに……出会わなければよかった？

こんな悲しい想いをするくらいなら、失ってしまうくらいなら、いっそ出会わなければよかった？

――ううん。そんなわけが、ない。

「出会えて、よかった……！」

こみ上げる涙のむこうで、ノアがふわりと微笑んだ。

失うことがつらいのは、それだけ幸せをもらったからだ。

大切で、かけがえのない、愛する君だからだ。

この愛しさも、喜びも、悲しみも、痛みも、君と出会えたから知ったものなんだ。

「タマちゃん。笑って」

ノアの手がわたしの頬をなでる。ほとんど体温を失ったはずのそれは、なぜだか温かく感じられた。

ああ、そうだったのか……と、すべてが唐突に腑に落ちた。

やっとわかった。七日前に消えるはずだったノアの命が、最後の奇跡を起こした理由。

すべては、わたしのためだったんだ。

「ありがとう……ノア」

彼の手を包みこみ、自分の体温を伝えるように頬に押し当てる。

「ノアは……わたしのために、がんばってくれていたんだねっ……」

わたしが大丈夫なように。光を見つけていけるように。

それだけを君は願い、最後の力を振りしぼって、わたしのそばにいてくれたんだね。

「もう、がんばらなくていいよ」

その言葉を口にしたとたん、身を引きちぎられるような痛みが走った。

だけど、それはまぎれもなくわたしの本心で、わたしが言わなきゃいけない言葉だった。

「もう、大丈夫だから……これ以上、がんばらなくていいよ」

嗚咽をこらえ、ノアの存在を焼きつけるように強く手を握る。そんなわたしに、彼は少し困ったようにクスッと笑った。

「でもタマちゃん……泣いてるじゃんか」

「泣いてるよ。泣いてるけど、これはノアのことが大好きだから。ノアがいて幸せだったから、涙が出るんだよ」

どうか、伝われ。わたしの想いが、まっすぐ君に伝われと。

言葉のひとつひとつを、刻みつけるように紡《つむ》いでいく。

「だからね、ノア」

わたしは泣き濡れた頬を持ち上げて、笑った。

「たとえノアがいなくなっても……わたしの心から幸せが消えることはないんだよ」

その言葉をノアが受け取ったのと、ほぼ同時だった。

彼の顔に、今までで一番幸せそうな笑顔が咲き、そして瞳からすうっと光が消えていった。

糸のように細い息が、ノアの唇からもれる。命の火が頼りなく揺らめいて、暗闇に吸いこまれていく。

「ノアっ」

ベッドに身を乗り出し、わたしは彼の肩をつかんだ。

「タマ、ちゃん……」

「ノア！」

「昔、みたいに、抱きしめて……」

わたしは思いっきりノアの体をかき抱いた。

子どもの頃、いつもそうしていたように。腕の中に彼を閉じこめて、甘い匂いのする首元に顔をうずめた。

『大好き。ノア、大好き』

君と過ごしたまぶしい日々が、花開くように鮮やかによみがえる。

ああ……きっと。あの頃よりも、もっと。

わたしは君のことが、大好きだ。

無邪気で、いたずらっ子で、そして誰よりもわたしを愛してくれた、君のことが大好きだよ。

「ありがとう……タマちゃん」

ほとんど声にならない声で、ノアが最後に残した言葉。

その瞬間、こわばっていた彼の体から解き放たれるように力が抜けた。

そして、腕の中にあったかすかな温もりが、重力に逆らわず落ちていった。

涙でぼやけた視界に、横たわったノアが映る。

七日間の奇跡が消えて、もとの姿に戻ったノアが――。

クリーム色の毛。

つんと尖った鼻。

かつて森を駆け回った四本の足。

記憶の中の姿よりずっと痩せ細ったその体に、わたしは覆いかぶさるように頬をすりつけた。

「……ノア……っ」

ありがとう。

命の限り、わたしのそばにいてくれて、ありがとう。

限界の体にケガを負ってでも、トモくんを助けてくれて、ありがとう。

わたしのために最後の奇跡を起こしてくれて、ありがとう。

「ノア――っ…‼」

愛しい名前を叫んだ声は、君の耳に届いただろうか。

窓のむこうの夜空には、降るような星空が広がっていた。

第八章　永遠のブルー

ノアをここに埋めてやろう。

勝也さんがそう言って指さしたのは、以前『踏むな』と叱られた庭の一角だった。わたしが偶然見つけた古い写真の中で、青い花が咲いていた場所だ。きっと勝也さんにとって、特別な意味があるのだろうその場所に、ノアを埋めてやろうと言ってくれた。

夜が明けると、わたしは納戸《なんど》に入っていたシャベルを借りて、ノアを眠らせてあげるための穴を掘った。その間も、涙はずっと流れ続けた。

冷たい体をその穴にそっと横たえて、やわらかい毛を何度もなでた。

金色が混じったクリーム色の毛。昔はなかった白い毛も混じっていて、背中の茶色い印は少し色が薄くなっていた。

細い脚。乾いた肉球。うっすらと浮いたあばら骨。

わたしと同じ日に生まれたノアは、わたしと一緒に成長し、そしていつしかわたしの歳を追い越して、先に逝《い》ってしまった。

七日間の奇跡を、最後に残して。

「本当に君が、あのノアだったんだね……」

今でも名前を呼べば、何事もなかったかのように現れてくれる気がする。

おひさまにも負けないあの笑顔で、『タマちゃん』って人懐っこく呼んでくれる気がする。

ぺろりとおにぎりをたいらげる姿。

一緒に森を歩いた宝探し。

わたしを引っ張ってくれた、温かい手。

「ノア……ねえ、ノア」

いくら呼びかけても反応はない。ほんの数時間前までは息をしていたのに、もうしない。

お願い、誰か。ノアの魂をもう一度戻して。

あの愛しい温もりに、もう一度触れさせてください――。


ノアの埋葬《まいそう》を終えたわたしは、彼が使っていた部屋に戻った。

ベッドのシーツに残されたくぼみ。ためしに触れてみたけれど、ノアの体温はすっかり消えてしまっている。

わたしはベッドの傍らに座った。それからしばらく、ぼんやりとたたずんでいた。

そういえば、今日は二十七日。東京に帰る予定にしていた日だ。

いつまでもここにいるわけにはいかない。帰らなくちゃ。そう思うのに、指一本動かす気力も湧いてこない。

現実感がなくて、頭にモヤがかかったみたいだ。死というものの意味を理解することを、脳が拒否している。

だって、ノアはここにいた。さっきまで、この手に触れられた。

現実逃避というオブラートに包まれた思考。けれど、ふとした拍子にオブラートがはがれ、涙が滝のように流れだす。

『もう、がんばらなくていいよ』

本心から言った言葉だったのに、今になって少し後悔してしまう。

大丈夫なんかじゃない。わたし、やっぱり大丈夫なんかじゃないよ。ノアがいなくなった世界で、どうすればいいの……。

「おい」

勝也さんが部屋に入ってきた。わたしは濡れた頬もそのままに、彼の方を振り向いた。

「コートを着ろ」

「……え？」

「森に行くぞ」

どうして急に、森に行くなんて言い出すんだろう。

白い息を吐き出しながら、ずんずんと歩を進める勝也さんに尋ねることもできず、わたしは彼と一緒に森の入り口までやってきた。

「あの……入っても大丈夫なんでしょうか」

フェンスの前で今さら躊躇し、勝也さんに確認する。先日トモくんが遭難して騒ぎになったばかりだと思うと、さすがに気が引けてしまうから。

「大丈夫だ」

勝也さんはきっぱりと言い切って、先にフェンスを越えた。

確かに、勝也さんもいるなら大丈夫だろう。わたしはうなずき、網目に足をかけてよじ登った。鉄の冷たさが手袋ごしに、手のひらに伝わる。

そういえばノアは、わたしがフェンスを越えるとき、転ばないよう腕を広げて受け止めようとしてくれたっけ。

『別に大丈夫だよ、転ばないから』

『タマちゃんが言っても説得力ないよ』

『失礼な』

他愛ない、けれど二度とできないやり取りを思い出して、心が沈んでいく。

記憶に足をとられたわたしは、しばらく呆然としていたらしい。何も言わずにこちらを見上げる勝也さんに気づき、あわててフェンスから飛び降りた。

勝也さんが森の奥へと歩き出し、その後ろをわたしも黙って歩いた。

様々な種類の落ち葉が、地面をまだらな色に染めている。おしゃべりするように鳴き合う、無数の鳥たち。

ノアがいるときはワクワクできた森も、今はだだっ広い荒野にひとりぼっちで取り残されたような気分になる。涙がじわりとにじんで、隠すようにマフラーを鼻の上まで引き上げた。

それにしても本当に、勝也さんはどうしてわたしを連れてきたんだろう。ノアの思い出が詰まったこの場所は、今のわたしにとってつらすぎるのに……。

と、そのとき、勝也さんが急に足を止めた。

ぼんやりしていたせいで彼の背中にぶつかりそうになったわたしは、「わっ」と小さく声を上げてストップした。

「び、びっくりしたあ」

視界を覆う大きな背中から、顔を出す。

すると、思いがけないものが目の前に現れ、心臓をわしづかみにされるような感覚を覚えた。

「この木……」

見上げてもてっぺんが見えないほどの、巨大な木がそこに立っている。根元には、ぽっかりと口を開けた洞。

そう、子どもの頃『隠れ家だ』と言ってノアと一緒に遊び、そしてつい先日もノアとたどり着いた、あの木だった。

でもなぜ、勝也さんはここで足を止めたんだろう――その疑問を解くより先に、洞の中でキラリと何かが小さく光った。

わたしは木の根元にしゃがみこみ、洞をのぞきこんだ。

奥の方には、わたしが昔積んだ石があいかわらず残っている。そしてその手前には、小瓶らしきものがひっそりと置いてあった。

見覚えがある……あれは、ノアの部屋にいくつもあった小瓶だ。

そう思い当たった瞬間、自分でも驚くほどの素早さでそれを手に取っていた。

ガラス製の瓶の中に、メモ用紙らしき白い紙が、丸めた状態で入っている。

どくどくどくどく、と心臓が早鐘を打った。震える手で紙を取り出して、開いたと同時に胸が詰まった。

ノアの字だ。

つたない、けれど一生懸命書いたのがわかるその文字は、わたしへ宛てた手紙だとひと目でわかる。

最初の一文は、こうだった。

【さあ、宝さがしをはじめよう！】

体に電流が走った。背後に立つ勝也さんを振り向くと、彼はすべてわかっていたような表情でうなずいた。

そうか、勝也さんはこれを見せるために、わたしをここに連れてきたんだ……。

わたしは手紙に視線を戻し、続きを読んだ。

【だいじょうぶ、きみはぜったい見つけられるよ。

かぞくで歩いたあの日のきおくは、心のどこかに必ずのこっているから。

タマちゃん。よく思いだして。

あのきれいなけしきを、もういっかい見つけよう】

胸に熱いものが突き上げてくる。

いったい、いつの間にノアはこんな手紙を入れたんだろう。その答えは、少し考えればすぐにわかった。

きっと、あのとき……わたしが実里さんたちとお別れするために、ノアから目を離したとき。チェックアウトを終えて勝也さんの家に戻ると、ノアも勝也さんもいなくて。

『ごめん。ちょっと、散歩にね』

あのときノアは、のん気な口調でそう言った。でも本当は散歩なんかじゃなく、森に入ってこの手紙を残してくれていたんだ。

自分の命が、もう終わりを迎えようとしていると、わかっていたから……。

「ノア」

鼻の奥がつんとして、目頭が濡れた。コートのそでで目元をごしごしぬぐい、勢いよく立ち上がる。

「勝也さん、ありがとうございますっ……行ってきます！」

わたしは踵を返すと、迷いのない足取りで前へと進み始めた。


木々のざわめき。揺れる木《こ》もれ日。鳥たちの羽ばたく音。

森の中に、わたしひとりきり。だけど今は怖くなんてない。

何かに突き動かされるような、見えない地図が心にあるような、不思議な自信が湧き上がってくる。

しばらく進むと、雑草の影にたたずむ小さな祠《ほこら》があった。

この場所……見覚えがある。八歳のときもここを通ったはずだ。

そう思った次の瞬間、祠のそばにまたあの小瓶が置いてあるのを発見し、わたしは小さく笑った。

ノアのやつ、手のこんだことを。いったい、いくつ仕込んだんだろう。

彼のしたり顔を思い描いて頬をゆるめながら、瓶の中の手紙を読んだ。


【さすがタマちゃん！　いいかんじで、すすんでるね。

タマちゃんはあの日、もっていたおかしを、ここにおそなえしたよね。

それから、手をあわせたね。

きみはあのとき、何をおいのりしていたんだろう。

おれは、タマちゃんがいつも笑顔でいられるようにって、いのったんだ】

「……バカだなあ、ノア」

自分のことをお祈りすればいいのに、君はやっぱりわたしのことなんだね。

本当、バカみたいに純粋で健気《けなげ》で……そんな君とずっと一緒にいられるようにって、わたしはあのとき祈ったんだよ。

手紙と瓶をバッグに入れて、再び前を向いて歩きだす。

記憶に導かれるように、わたしはどんどん歩を進めた。

本当だね、と心の中でノアに語りかける。

本当にわたし、ちゃんと覚えてたよ。お父さんとお母さん、そして君と歩いたこの森。

何ひとつ忘れてなんてなかった。遠い日の幸せは、消えてなんていなかった。

小川のせせらぎ、切り取ったように平たい岩……。わたしはあの日と同じ場所をいくつも見つけ、そのたび、ノアの手紙も見つけた――。

【タマちゃん、だいぶ思いだしてきたみたいだね！

この小川でシャンプーごっこしたのは、おぼえてる？

ちょうしにのって川に入ったら、水がつめたくて、びっくりしたよね。

ずぶぬれになったタマちゃんとおれを、タマちゃんのおかあさんが、タオルでふいてくれたんだ。

おひさまのにおいがするタオルは、あったかくて、きもちよかったなあ】

【この岩をテーブルにして、おままごとをしたよね。

おかあさん役は、きみ。

ちいさくて、かわいいおかあさんだった。

しってる？　あのとき、タマちゃんのおとうさんが、すごくニコニコしながら見つめてたこと。

きみならきっと、いつか本当のすてきなおかあさんになれるよ】

【この坂はちょっと、きつかったなあ。
かぞくみんなで、力をあわせてのぼったね。
タマちゃんは、おれがころばないように、うしろを歩いてくれたよね。
そんなやさしいきみに、おれはずっと恋してた。
幸せで、幸せで、だからおれは、しっぽをいっぱいふったんだよ】

【タマちゃん。ねえ、タマちゃん。
今までほんとうに、ありがとう。
おれがいなくなっても、それはかなしいことなんかじゃない。
きみがきみのせかいを愛するかぎり、そこにおれは、そんざいしているんだ——】

確信は、あった。もうすぐあの景色にたどり着くと。

背丈ほどもある茂みを、わたしはかき分けながら進んでいく。

草木がぼうぼうに密生《みっせい》し、ほとんど前が見えない。木の枝が頬にこすれて痛いけど、そんなの全然かまわなかった。

茂みのむこうに、徐々に光が見えてくる。

あと少し。もうすぐだ。

わたしは大きく一歩を踏み出した――。

瞬間、ざあっと音をたてて、風が真正面から吹き抜けた。冷たさが目に刺さり、ぎゅっとまぶたを閉じる。

後ろに流れていた髪が、ふわりと肩に落ちた。わたしはゆっくりと目を開いた。

「……ああ」

たどり着いた。

ノア。わたし、ちゃんと自分の足で、あの日と同じこの場所にたどり着いたよ。

パノラマの視界に広がるのは、冬の草原。

ゆるやかな丘一面を、クリーム色の葉が絨毯《じゅうたん》のように覆っている。それは太陽をあびて、金色に輝いていた。

草原のむこうには、吸いこまれるような水色の空。悠々《ゆうゆう》と流れる白い雲。

大地の呼吸すら聞こえてきそうな静寂《せいじゃく》に、鳥のさえずりだけが響いている。

一陣の風が、丘を吹き抜けた。クリーム色の葉がさざなみのように揺れて、まるで君が笑っているみたい。

「ノア……」

ふと足元を見ると、ひっそりと咲いた野花の横に小瓶があった。

これが最後の手紙だ。そう確信しながら、わたしはふたを開けて手紙を取り出した。

きっと君は、ありったけの想いをこめて書いたのだろう。

それはとても、大きな文字で。

【きみに出会えてたのしかった。さいこうの一生だ！】

ノア――。君は、駆け抜けたんだね。

命の限り、最後までしっかりと目を開けて、君が愛したこの世界を見届けたんだね。

涙がぽろぽろとこぼれ落ちる。大丈夫だって言ったのに、また泣いてしまってごめんね。

だけど、何度だって言うよ。これは幸せだから流す涙。

胸が痛くてしかたないけど、その痛みは君に出会えた証《あかし》だから。

愛しさも、喜びも、悲しみも、痛みも、君がくれたものなら、やっぱりわたしは幸せなんだ。

草原の景色に、ちらちらと白いものが重なるのが見える。それが雪だと気づいたわたしは、息をのんだ。

「嘘……こんなに晴れてるのに」

晴れの日に散る雪を、風花《ふうか》と呼ぶらしい。この雪も単なる偶然の自然現状かもしれない。

だとしても、今のわたしには、君からのメッセージに思えたんだ。

わたしは高い青空を見上げた。決して触れられない、けれどいつもそこにある空。

今、大声で心から叫びたい。

君のことが大好きだと。君に出会えて、わたしは本当に幸せだったと――。

……そのとき。バッグの中から、なつかしい音がした。

七日ぶりに聞く電子音。バッグを開いて見ると、壊れたはずのスマホが、確かに光を灯しながら鳴っていた。

画面に表示されていたのは、お母さんの名前。わたしは信じられない気持ちで、震える手にスマホを取り、電話に出た。

「もしもし……」

『環!?』

お母さんだ。お母さんの声だ……。

あんなにも苦手だったお母さんなのに、声を聞いたとたん、なぜか急に心がゆるんで。わたしは、幼い子どものように泣きだした。

「お母、さ……っ」

『環、どこにいるの？　無事なの？』

「うんっ……大、丈夫っ……」

『今どこ？　迎えに行くから言って』

「……森……」

『え？』

「昔、みんなで見た景色を、見たくてっ……」

その言葉だけで伝わるとは思っていなかった。だけどお母さんは、

『N県にいるのね？　すぐに行くから待ってて！』

そう言って電話を切った。

耳元からスマホを離し、通話を終えた画面を見つめる。ディスプレイにはN駅のバス乗り場でつけた傷があり、わたしは七日前のことを、遠い昔のように思い出した。

あのときのわたしは、友達から、家族から、そして大嫌いな自分自身から逃げ出したかった。

毎日が苦しくて、幸せは過去にしかないと思いこみ、この町にやってきた。

だけど。だけど、今は――。

「とうとう帰るんだな」

顔を上げると、いつの間にかそこに勝也さんが立っていた。わたしは「はい」と答え、涙をふいた。

「勝也さん。本当にありがとうございました。お世話に――」

「悪かった」

「え？」

「お前には最初、きつく当たってしまった」

わたしは目を見張り、言葉を失った。まさか勝也さんの口から、あやまられるとは思ってもみなかった。

正直わたしも最初は、どうしてこんなに邪険にされるのだろうと感じていたけれど。

今はもう、その理由がわかっている。確証はなくても、この町で過ごした時間が、わたしに真実を教えてくれる。

「あやまらないでください。……勝也さんはわざときつく当たることで、わたしを家に帰らせようとしたんですよね？　親に嘘をついてこの町にいることを、知っていたから」

今度は勝也さんの方が、目を見張る番だった。わたしは言葉を続けた。

「心配してくれて、本当にありがとう。勝也さん……ううん、おじいちゃん」

見開いた勝也さんの目が、さらに大きく開いていく。その表情を見て、自分の直観がまちがいではなかったと確信した。

そう、この人はおじいちゃん——わたしが小六のときに事故で亡くなった、お母さんの父親だ。

「お前、どうして……」

どうして気づいたんだ、と訊きたいのだろう。わたしは少し口ごもりながら答えた。

「もし、不快な言い方になったらごめんなさい。違和感は前からあったんです。家に古いカレンダーを貼ったままだったこととか、勝也さんが食事しているのを一度も見なかったこととか……」

ドーナツを渡したときも、受け取ってくれたけど食べるのを見たわけじゃない。ノアの看病をしている間も、勝也さんは水すらひと口も飲まなかった。

「それに、勝也さんはノアの秘密を知っていましたよね。その時点で、勝也さんも普通の人間じゃないと思ったんです」

「だからって、なぜ祖父だとわかった？」

「それは」

わたしはゆっくりと、まばたきをひとつしてから答えた。

「写真です」

「……写真？」

階段下の棚に入っていた、アルバムの中の一枚。たまたま見てしまったその写真には、真新しいあの家が映っていた。

当時は勝也さんが健在で、庭の手入れもよくしていたのだろう。今の荒れた様子からは想像できないくらい、木々がきれいに刈りこまれ、美しく整えられた庭。

そして、その庭の一角に、ある花が咲いているのが写っていた。

「葵——お母さんと同じ名前の花です」

ぐ、と喉の詰まるような音が、勝也さんの口からもれた。目のふちが、少し赤く染まっている。

「わたしが踏むなと怒られた、あの場所に咲いていたのが葵の花だった……。同じ名前の花を大切に育てるくらい、本当はお母さんのこと、大切に想ってたんだよね？」

無意識に言葉遣いが変わっているのが、自分でもわかった。

この人は本当に、わたしのおじいちゃんなんだ。お母さんとすれ違ったまま死んでしまったけれど、本心ではお母さんのことをたったひとりの娘として愛していたんだ。

「でもね、おじいちゃん……。お母さんもおじいちゃんのこと、大切に想ってたんだよ」

「……え？」

「だって昔、この町に家族旅行で来たことがあるの。まだおじいちゃんが生きていた頃。きっとお母さんは意地を張って、おじいちゃんを訪ねることはできなかったけど、少しでも近くに来たかったんだと思う」

その言葉を聞いた勝也さんは、深くうつむくと、こぶしを握って肩を小刻みに震わせた。

それから、しゃがれた声で言った。

「親にとって……一番の望みは、子どもが元気でいることだ」

「うん……」

「お前は絶対に元気でいろ。そうすれば、葵も喜ぶ」

「うん……っ」

勝也さんは鼻をすすると、くいっと顔を上げた。目も鼻も赤いけど、表情はいつものしかめっ面に戻っている。

その体のむこうには、草原の景色が透けて見えた。

「おじいちゃん、また会える？」

そう尋ねたら、ふん、と鼻を鳴らされた。

「お前みたいな面倒なガキ、もうこりごりだ。だから、当分はこっちに来るんじゃないぞ」

ぶっきらぼうな勝也さんらしい返事。けれど、そこにこめられた想いが伝わるから、わたしは胸がいっぱいになった。

勝也さんの姿が、どんどんかすんで消えていく。空に映した影おくりのように、白い輪郭しか見えなくなっていく。

そして、その輪郭すらほとんど見えなくなったとき。

「環」

初めて、名前を呼ばれた。

「いい名だ。最後に呼べて、よかった」

残響のように届いた、その声。姿はもうどこにもなかった。

だけどわたしには、なぜかわかったんだ。

おじいちゃんはきっと微笑んでいた。最後に穏やかな顔をして、笑ってくれたのだと。

「ありがとう。おじいちゃん」

誰もいない草原を見つめ、わたしは静かにつぶやいた。

勝也さんの家の前に、見慣れた車が止まったのは、それから三十分ほど経った頃だった。

東京から来るのだから三時間くらいはかかるだろう。てっきりそう思っていたわたしは、大あわてで旅行バッグを背負ってノアの部屋を出た。

鍵は靴箱の上にあり、玄関を出て鍵をかけ振り返ると、車を降りるお母さんと目が合った。

「環！」

七日ぶりに見る両親の顔。お父さんは無精《ぶしょう》ヒゲが生えているし、お母さんは目の下にクマを作っている。明らかにやつれたふたりに、心がずきんと痛んだ。

「環、大丈夫なの!?　ケガはしてない!?」

お母さんの第一声は、それだった。充血した目でわたしに詰め寄り、必死に無事を確認する。

「う、うん……大丈夫」

そう答えた瞬間、目の前の顔から、みるみる力が抜けていった。

わたしの両肩をつかんだお母さんがうなだれるように下を向き、一呼吸ついて、そして。

「このバカ!!」

鼓膜《こまく》の破れるような雷を落とした。

「どれだけ心配したと思ってんの！　親に嘘ついて！　事件に巻きこまれたんじゃないかって、夜も眠れなかったのよ！　そもそも、バイトに行ったんじゃなかったの!?　みんなに迷惑かけて、どれだけ無責任なの！　そんなワガママ、社会に出たら通用しないんだからね！」

きーん、と耳鳴りがした。一気に怒鳴って酸欠になったお母さんが、はあはあと激しく息をしている。

お母さんの言葉は、ぐうの音も出ないほどの正論だった。この町に逃げてくる前のわたしが、〝きっとお母さんはこう言うだろう〟と想像したのと、ほぼ同じ。

ずっと、これが苦手だったはずなのに。お説教が大嫌いだったはずなのに。

自分でも不思議なんだ。叱られることが、今はこんなにもうれしくて。

「ふふ……」

「な、何を笑ってんの」

つい肩を揺らしたわたしに、お母さんが怪訝《けげん》そうな顔をする。

「笑うとこじゃないでしょ、環！」

「ごめんなさい」

わたしは嬉し涙のにじむ目尻をぬぐった。そして、すうっと息を吸いこむと、両親の顔を交互に見た。

「お父さん、お母さん、本当にごめんなさい」

こうして向き合うのは初めてで、にわかに鼓動が速くなる。真剣な様子が伝わったのか、両親の顔にも緊張が走った。

「わたしね、言いたかったことがあるの……」

手のひらに汗がにじみ、口の中が乾いてくる。がんばれ、がんばれ、と自分を奮い立たせる。

この町でわたしは、みんなからたくさんのことを教わった。たくさん助けてもらった。ここからは、自分ひとりだ――。

「本当はわたし、昔みたいに家族みんなで仲良くしたい。お父さんのことも、お母さんのことも、やっぱりわたしは大切だから……」

たとえ恥ずかしくても、素直な気持ちをぶつける勇気。これは、トモくんに教えてもらったこと。

「今までのわたしは、お父さんたちに背を向けてたと思う。でもそれは、嫌いとかどうでもいいとかじゃなくて、どうすればいいのかわからなかったから。本当は向き合いたいのに、怖くて、すねてたの」

相手や環境を責める前に、自分の気持ちはなんなのか。向き合う大切さを教えてくれたのは、実里さんと旦那さんだ。

「でもやっぱり、もうあんなのはイヤだよ。笑い合える家族がいい。くだらないテレビで笑ったり、お父さんの寒いジョークに突っこんだり……そういう家に、もう一度わたしは帰りたい」

どんなに絡まってしまっても、親子の糸はつながっている。それを信じさせてくれたのは、おじいちゃんだった。

そして――。

「あのね、わたし……お父さんも、お母さんも、大好きだよ」

わたしの世界は愛しいものであふれている。

そう気づかせてくれたのは、ノア、君だったんだ。

木の葉がどこからか舞ってきて、わたしの肩にそっと下りた。真上にのぼった冬の太陽が、お父さんとお母さんの顔にやわらかい影を落としている。

「……じゃない……」

ふいに、お母さんが低く震える声で何かを言った。聞き取れず、「え？」と聞き返す。

「お母さんも、環のことが好きよ……っ、娘なんだから当たり前じゃない！」

涙を目にいっぱいためて、お母さんはそう言った。普段は気丈なお母さんの、初めて見るその表情に胸がぐっと詰まった。

「お父さんもだぞ。環のこと、大好きだ」

ああ、お父さんまで泣いちゃった。そうだ、わたしのお父さんはとても涙もろくて、ドラマとか見ても真っ先に泣いてしまう、心やさしい人だった。

あんなにも苦手で逃げたかったのに。今、目の前にいる両親は、わたしと同じひとりの人間だ。同じように悩んだり、立ち止まったりする、愛しい人たちだ。

そんな当たり前のことを、わたしは今、初めて心から感じられた。

「ごめんな、環……。子どもの方から言われて、やっと気づくなんてな。本当は僕たち親が、伝えなきゃいけない言葉だったのに」

「ううん……ううん、お父さん」

鼻水が出てきてしかたない。泣くつもりなんてなかったのに、ふたりの涙が伝染したんだ。

だって、わたしはふたりの子どもだから。

「環……お母さんね、自分の親とうまくいかなかった後悔を、娘のあなたにぶつけていたんだと思う。本当は、環がこうして元気でいてくれるだけで、幸せだったのにね」

ごめん。そうつぶやいたお母さんのまつ毛が揺れた。

「お母さん……」

「でもね。やっぱりわたしは環の親だから。教えなくちゃいけないことは、たとえイヤがられても、首根っこつかんででも、あなたに教えていく。その気持ちは、間違いなんかじゃないと思ってるのよ」

「うん……っ、ありがとう」

今ならわかる。きっとわたしたち、お互いにねじれた世界を作っていたね。

大切な相手だからこそ、よけい頑なになっていたんだ。

ふと、お父さんとお母さんが、わたしを間にはさんだ距離で遠慮がちに目を合わせた。それからふたりとも眉を下げて、ほんの少し微笑んだ。

こんな両親を見るのは、いつぶりだろう。

わたしたち、今からやり直せるのかな。時間をかけてもつれた糸は、簡単にはほどけないだろうけど。きっとまた、ぶつかってしまうだろうけれど。

もし、そうなってしまったときは、何度でも自分の心に尋ねよう。

〝わたしの本当の気持ちは何？〟

答えはきっと、いつも同じはず。

〝この家族のことが大好きだ――〟

「さあ、帰ろう」

お父さんがわたしの背中を、そっと車の方へと押す。お母さんがドアを開けてくれて、後部座席にわたしとお母さんは並んで座った。

「今夜は環の誕生日パーティーだな」

その言葉を合図に、エンジンをかけるお父さん。かすかな振動が体に伝わり、車がゆっくりと走りだす。

わたしはシートからお尻を浮かせ、後ろを振り返った。リアガラスのむこうで、三角屋根の家が徐々に小さくなっていった。

ばいばい。ありがとう。

わたしを乗せた車は、日常へと帰っていく。


たかが七日間――されど七日間。

わたしに起きた、やさしい奇跡。

世界は思い通りには変わらない。

だけどきっと、自分自身は変わっていけるんだ。

第九章　願い

年賀状の写真には、あいかわらず明るい三人の笑顔がプリントされていた。

「実里さんからだ」

直筆のメッセージが入ったそのハガキを手に、わたしは頬をゆるませた。

【あけましておめでとう！　タマちゃん、東京でも元気にしていますか？　またいつでも遊びにきてね。みんなで待ってるよ。

PS：お腹の子の名前を〝たまき〟にしたいと、トモに熱烈希望されてます！】

思いがけない追伸に、わたしはひっくり返りそうになった。いきなり何を言い出すんだ、トモくん……。

でも、もし本当に赤ちゃんの名前が〝たまき〟になったなら。ちょっと恥ずかしいけれど、やっぱりうれしくもある。

そして、その子が大きくなったとき、同じ名前であることを誇ってもらえるような人に、わたしはなりたい。


東京に戻って、早十日。わたしたち家族は、なんとかうまくやれていると思う。正直かなりぎこちないし、ケンカしそうになることもあるけれど。

お父さんはあいかわらず仕事の虫で、大みそかまで会社に行っていた。でも、わたしたちのために働いてくれているのだと思うと、素直に頭が下がる。

お母さんはやっぱり口うるさくて、わたしは最近、お手伝いを頻繁《ひんぱん》にやらされる。苦手な料理を手伝っていると、毎日みんなのご飯を作るということが、どれほど大変なことかわかった。考えてみれば、中学時代からお弁当も欠かさず作ってくれていたんだ。それって、すごいことじゃないだろうか。

両親とたくさん会話をする中で、驚きの事実もあった。

「実は、あの日の朝、おじいちゃんが夢に出てきたんだ」

ぽりぽりと頭をかきながら言ったのは、お父さんだった。

それは、両親がわたしを迎えに来てくれた日のこと。あの日の明け方近く、お父さんの夢に勝也さん――おじいちゃんが現れて、『環が家にいてジャマだからさっさと迎えに来い！』と怒鳴ったらしい。

人のことをジャマって、ひどいなあ、おじいちゃん。

「おじいちゃんが僕の夢に出てくるなんて初めてだったし、ただの夢とは思えなくてさ。気になってしかたなかったから、会社を早退してN県へ向かったんだ」

そっか……だからあの日、やけに到着するのが早かったんだ。

それにわたしは電話で『森』としか言わなかったのに、あの家まで迎えに来てくれたことを不思議に思っていたのも、やっと合点がいった。

「どうせなら、わたしの夢に出てくれればいいのにね」

お母さんがすねたようにぼやき、わたしは思わず笑った。あまのじゃくな、おじいちゃんらしいなって思ったから。

そして、わたしの方からも、あの七日間の出来事を思いきって打ち明けた。

現実にはありえない不思議な話を、両親とも疑うことなく信じてくれた。

「そっか……ノアとおじいちゃんがね」

すべてを聞いたお父さんは、目をうるうるさせていた。やっぱりお父さんは家族一、涙もろい人だ。

「あの家はおじいちゃんの死後、わたしが引き継いだの。だからこれからは、時々みんなで遊びに行きましょう。ノアも喜ぶはずよ」

お母さんの言葉に、わたしは静かにうなずいた。

うん、そうだね。また行こう。ノアのお墓がある場所に、おじいちゃんが愛した葵の花を植えよう。

それはきっと、とても美しく咲き誇るはずだ。

——そして、わたしは今。少しの緊張を感じながら、受話器を握っている。

お母さんが横から番号を押してくれると、プップッと電子音が続いたあと、先方につながった。

『もしもし。長瀬です』

六年ぶりに聞いた、ほがらかなその声には、かすかに聞き覚えがあった。

「突然すみません。小林 葵の娘の、環です。わかりますか？」

『えっ！　環ちゃんって、あの環ちゃん!?　まあ、どうしたの？』

受話器のむこうで目を丸くして驚いている姿が浮かぶ。無理もない。六年も前に会ったきりの、旧友の娘からいきなり連絡がきたのだから。

電話の相手はサユリさん。あの町の近くに住む、お母さんの幼なじみ——そう、ノアを十歳のときに引き取ってくれた女性だ。

「実はサユリさんに、お話があって……」

わたしは彼女に、ノアのことを話した。

不思議な体験については、さすがに話せなかったけど、あの町でノアと過ごしたこと、そして天国へ見送ったことを、何度も言葉に詰まりながら伝えた。

『そう……あの子、ひとりで隣町に……』

電話ごしに聞こえる、鼻をすする音。

『急にいなくなったから心配してたけど、今、環ちゃんから聞いて安心したわ。……あの子、大好きな人に会いに行ったのね』

寂しさとうれしさの混じった声で、サユリさんが言う。

わたしは受話器をぎゅっと握った。

「サユリさん。わたしだけがノアの最期を見届けて、すみませんでした」

『ううん、どうしてあやまるの？　それがノアの幸せだったのよ。きっとあの子、今頃は満足して、直太朗《なおたろう》と天国で遊んでるわね』

「直太朗？」

『ええ、ノアの双子のお兄ちゃん。すっごく仲良しだったから』

そういえば以前、ノアが話してくれたっけ。彼が引き取られた家には、お兄ちゃんもいたということを。

今はふたりとも天国だけど、そこで再会できていたらいいな。

そして、何ひとつ苦しむことのない世界で、ふたり仲良くしていたらいい。心から、そう思った。


「あのときは、嘘をついて本当にごめん！」

冬休み最後の日。わたしは、翼と美那子に会った。

新年のおめでたいムードににぎわう街中で、深々と頭を下げたわたしに、ふたりから返ってきた言葉はやさしいものだった。

「まったく、お前は人騒がせだよな」

場をなごませるように、わざと憎まれ口をたたく翼。

「でも、環が無事だったから何よりだよ」

心底安心したような美那子。

わたしはそろりと頭を上げた。

「いっぱい心配させて、迷惑かけたよね。ごめん」

「ううん、環。ていうか、わたしの方こそ……」

美那子は気づたのかもしれない。わたしが翼を好きだったことを。

ふと表情に陰《かげ》りがさした彼女に、わたしは首を横に振ってから言った。

「あのね。わたし、翼と美那子に嫉妬《しっと》してたんだ」

「え？」

「ふたりが付き合ったことで、仲良し三人組が壊れちゃう気がして」

翼への過去の恋心は、もう言う必要のないこと。だけど、これからも三人で仲良くしていきたい。

だから今、ちゃんと言わなきゃいけない気持ちがあるんだ。

「これからもわたし、ふたりと友達でいたい」

その瞬間、翼と美那子の唇が、おそろいみたいにへの字に曲がった。

「友達だよ、当たり前じゃん！」

ふたりの声が見事に重なる。まったくもう、こいつらはお似合いのカップルだ。

「そっか……よかった」

目尻ににじんだ涙がバレないように、わたしはへへッと笑った。

「何がよかっただよ、バカじゃねーの、環」

翼が悪態をつきながらも、鼻の頭を赤く染めている。

「バカって言うな、バカップル」

「はあ？　バカップルって誰がだよ」

「自覚ないのがバカップルだって言うの」

くだらない言い合いをするわたしと翼を、美那子がクスクス笑いながら見ていた。

それからわたしたちは、神社へ初詣に向かった。

三が日をとうに過ぎた境内《けいだい》は、参拝客の姿もまばらで、砂利《じゃり》の上を歩く足音が静かに響いた。

絵馬を書こうよ、と美那子が言い出し、わたしたちはひとつずつ絵馬を購入した。

「ねーねー、翼はなんて書くの？」

「美那子はどうするんだよ」

「えー、どうしよっかなー」

「どうせラブラブな願いごとなんでしょ？　あんたたちは」

楽しそうな翼と美那子に、わたしはからかいの視線を送る。恥ずかしがりつつも、結局はラブラブなことを書くふたり。

そんなバカップルをしばらく微笑ましく見つめたあと、わたしは自分の絵馬に、願いを書きこんだ。

「――あ、そうだ」

初詣からの帰り道。ふと、出かける前にお母さんに言われたあることを思い出して、立ち止まった。

「わたし、翼たちにもうひとつ言わなきゃいけないことがあったんだ」

「え、何？」

「N県でのバイトの空き時間に、わたしのこと探してくれてたんだよね？　お母さんから聞いたよ。本当にありがとう」

その言葉を聞いたふたりの顔が、きょとんと固まる。

それから、少しの間をおいて、美那子が意外なことを口にした。

「それ、わたしたちじゃないよ。雄大くんだよ」

「……雄大くんが？」

「彼、N県に親戚がいるから、土地勘が少しあるらしくて。バイトの休憩中とか、終わったあととか、環のこと探し回ってくれたんだ」

わたしの脳裏に、黒髪のおとなしい少年の顔が浮かぶ。

彼がそこまでわたしのことを心配してくれていたなんて、思ってもみなかった。だって、特別に仲がいいわけでもないのに……。

その戸惑いを察したのか、翼が急に真剣な顔になって口を開いた。

「あいつ、環がいるからバイトに参加するって決めたんだぜ」

「え……？」

「学校でいつも、お前のこと見てたんだって。最初は、俺と仲がいいから視界に入るだけだったけど、いつの間にか目で追ってたって」

わたしは言葉を失った。

雄大くんがバイトに参加したのは、わたしがいたから……？

てっきり翼が彼を誘ったんだと思っていた。冷やかし半分でわたしとカップルにしようと、翼と美那子が企んだのだと思いこんでいた。

でも、本当は。

『環にも、幸せになってもらいたいもん』

あのときの美那子の言葉は、本心だったんだ。わたしが勝手にひねくれた捉え方をしていただけで……。

絶句するわたしの肩に、美那子がそっと手を乗せた。

「雄大くん、まじめに環のこと想ってるよ。明日から新学期が始まったら、少し話してみたらどうかな」

「う、ん……」

うれしい気持ちは、正直ある。だけどわたしは、あいまいな返事をすることしかできなかった。

そんなわたしの横を、ひと組のカップルが通り過ぎた。派手な恰好をしたそのカップルの男性は、金髪だった。

わたしは無意識にその色を目で追った。

「環？」

急にぼんやりしたわたしを、美那子が不思議そうに見る。

「どうしたの？　環の知り合い？」

「あ、ううん」

わたしは笑顔をまとって返事をした。

……騒がしい、東京の日常のかたすみで。今でもわたしは、あの愛しい姿を探してしまう。

もう二度と会えない。

だけど君の存在が、この心から消えることはない――。

「ごちそうさまでした」

その日の夕食はコロッケだった。昨日の肉じゃがをリメイクしたやつ。わたしが作ったので見た目はいまいちだったけど、お父さんは「おいしい」と言って四つも食べてくれた。

「環、洗い物はお母さんがするわ。明日から新学期だし、今日は早く休みなさい」

「はあい」

後片づけをお母さんに任せ、わたしは歯を磨いて自分の部屋に戻った。

明日から久しぶりの学校だ。寝坊しないように気をつけなくちゃ。持ち物をきちんと準備して、いつもより早めにベッドに入る。

ひんやりと冷たい布団にもぐりこむと、枕を抱いて目を閉じた。

「……ノア」

暗闇の中。何度呼びかけたかわからないその名前を、小さくつぶやく。

「おやすみ、ノア……」


――そして、その夜わたしは夢を見た。

東京に帰ってきてから、初めて見る夢だった。

心地いい、ただ真っ白な光の中。わたしはひとりで立っている。

ここはどこだろう……ぐるりと視線をめぐらせて、それから心臓がどくんと揺れた。

光の中に、なつかしい後ろ姿を見つけたから。

『ノア！』

華奢な背中に駆け寄り、わたしは夢中で抱きついた。夢だとわかっていても、どうしようもなくうれしさがこみ上げる。

ふわりと揺れる金色の髪。確かに感じる体温。甘い匂い。

『ノアっ……会いに来てくれたんだね』

『タマちゃん』

ふいに名前を呼ばれ、わたしは顔を上げた。後ろ姿だから表情は見えない。

でも、きっと君は笑ってる。何も変わらない笑顔で、そこにいる。なぜかそう感じた。

『忘れないで。タマちゃんを大切に想う人は、たくさんいるんだ』

『……え？』

『俺は、君が生きていくこの世界の、すべてが愛しい』

そうつぶやいた次の瞬間、彼の姿がすうっと消えた。

『ノア……？』

空っぽになった腕の中。君はもう、そこにいない。

ひとり立ち尽くすわたしの目の前に、突如《とつじょ》として草原の景色が広がった。

遠くの方で、小さな影がふたつ並んで動いている。わたしは目をこらした。

ノアだった。クリーム色の毛をなびかせて、草原を無邪気に駆け回る犬のノア。

その隣には、そっくりの犬がもう一匹いる。きっとあれがノアのお兄ちゃんの、直太朗くんなのだろう。

『会えたんだ……』

大地の彼方に、アーチを描く七色の光彩が見えた。

その光へと導かれるように、ノアと直太朗くんは駆けだしていく。

じゃれ合いながら、飛び跳ねながら、風のように奔放《ほんぽう》に——。

……ああ、そうか。

ノア。今は自由な体なんだね。君はもう、あの虹のむこうに行くんだね。

遠く小さくなる後ろ姿がまぶしくて、心が震えてしかたなかった。

わたしはまばたきもせずに、その光景を最後まで目に焼きつけた。

またね……ノア。いつかもう一度、出会おう。

再びめぐり会えたなら、そのときはまた笑い合って暮らそう。

君の得意な宝探しも、いっぱいしよう。

暑い日は木陰でひと休みして、寒い日は同じ毛布に包《くる》まろう。

夕陽が見える公園で、追いかけっこもやりたいね。遊びすぎて泥んこになったら洗えばいい。

シャンプーのあとは、ぶるぶるって水を飛ばしてよ。「冷たいな」って笑うわたしに、得意げな瞳を見せて。

雷の夜は抱きしめるよ。誰よりも愛しい君を、わたしは思いっきり抱きしめるんだ。

そうしてふたり、一日、一年、また時を重ねていこう。

だから今は、少しの間、さようなら。

いつか出会えるその日まで、君が幸せでありますように——。

それこそが、わたしのただひとつの願いです。

第十章　笑って。僕の大好きなひと。

夢から目が覚めたとき。

何かが変わった、と思った。

見慣れた天井も、勉強机も、ハンガーにつるした制服も、昨日と違うものはひとつもないのに、自分の中の何かが新しく変わった。そう思った。


「えっ⁉　自転車で行くの？」

「うん」

びっくり顔のお母さんにうなずいて、わたしは引き出しから小さな鍵を取り出す。

「大丈夫なのか？　車が多いし、危険なんじゃ……」

心配性のお父さんが、ヒゲを剃りながらリビングに現れた。

「ちゃんと気をつけて走るから平気だよ。てかお父さんこそ、早く用意しなきゃ遅刻するんじゃない？　今日は出張でしょ？」

時計を見たお父さんが「やばい！」と叫び、ヒゲ剃りと同時進行でシャツのボタンを留めていく。器用だ。

わたしは頭の中で、学校までの道順を確認した。

ふだんは電車で通っている距離。自転車なら、二時間くらいはかかるだろうか。

急に思い立ったのには、特別な理由なんてなかった。ただ、なんとなく。本当になんとなく、自分の足で自転車をこいで、学校まで行きたいと思ったんだ。

忘れ物がないかチェックをすませ、かばんを持って出発する。

——と、その前に。

わたしはかばんを一旦置いて、リビングの真ん中に立った。

……深呼吸。二本の腕をぴんと上に伸ばし、鼻からめいっぱい息を吸いこむ。それから大きな円を描くように、腕を横に下ろしながら息を吐き出す。

突然の行動に、両親がきょとんと目を丸くしてこちらを見た。

ふたりの注目を浴びながら、今度は腕を大きく振って、足の曲げ伸ばし。ちょっとガニ股で恥ずかしいけど、照れを捨ててやってみる。

やっと意味がわかったらしく、お母さんたちから温かい笑いがもれた。

「環ったら」

子どもの頃、毎朝の日課だったラジオ体操だ。

あの頃のように、お母さんが少し音程のずれたメロディを口ずさみ、お父さんが足だけでリズムをとる。

カーテンの隙間からは、金色の朝陽がきらきらと射しこんでいた。

晴れ渡った冬の空は、どこまでも突き抜けるように高い。

冷たい風が、体中の細胞を目覚めさせていく。

移り変わる景色。自転車のチェーンが高速で回転する音。

町が後ろに流れていく。太陽はどこまでもついてくる。

もっと風を感じたくて、ペダルに乗せた足に力をこめると、ぐん、と体が前に突き出した。

制服の下に、じっとりと汗がにじんでいる。

呼吸が速い。太ももの筋肉が重い。だけどわたしは、自転車をこぐ足をゆるめない。

進め、進め。前へ、前へ。

前へ——。

やがて交通量の多い場所に差しかかり、道路には車の長い列ができていた。わたしの瞳に、いろんな人たちの姿が映った。

渋滞でイライラしてクラクションを鳴らす運転手。

忙しそうに電話をかけているサラリーマン。

眠い目をこすりながら、軒先の掃除をするコンビニの店員さん。

いろんな人と感情がごちゃ混ぜの、だけど愛すべき、この世界……。

ねえ、ノア。人間ってやっぱり滑稽だ。君たちのように、ただまっすぐには生きにくいね。

わたしたちは、つまらないことで悩む。ちょっとしたことで傷つく。迷う。つまずく。立ち止まる。

いつだって不完全な存在で、それでも小さな光を拾い集めて。強くなろうともがきながら、みんな必死で生きている。

だから、わたしも生きるよ。生きて、生きて、生き抜いて。

そうしていつか、終わりを迎えたそのときは、まっすぐ君のもとへと走っていくよ。


思いがけない人に遭遇したのは、学校まであと少しというときだった。

「――小林さんっ」

突然、耳に飛びこんできた声に、わたしは急ブレーキをかけて自転車を止めた。

振り向く前から、すでに予感はあった。わたしを苗字で呼ぶ人は少ないし、声に聞き覚えがあったから。

「雄大くん……」

思った通りの顔がそこにあり、わたしは肩で息をしながら自転車を下りた。

飾り気のない黒髪の、素朴な顔をした少年。彼が立っているのは、真新しい保育園の門の前だった。

「おはよう」

「おはよう。雄大くん、こんなところでどうしたの？」

「ちょうど今、妹を送ったとこだったんだ」

「そっか。小さい妹さんがいるって言ってたもんね」

って、そんな話をしている場合じゃない。雄大くんには、お礼とお詫びを伝えなくちゃいけないのだ。

わたしは自転車のスタンドを立てて、体ごと彼に向き直った。

視界の真ん中に雄大くんがいて、視界の下半分を園児たちがぞろぞろ歩いている。なんだか不思議な状況。

「あの……冬休みのことだけど、本当に迷惑かけてごめんなさい」

せんせー、おはよー！　と元気にあいさつする園児の声に、わたしの声は少しかき消される。それでも雄大くんは、ちゃんと聞き取ろうと、きまじめな顔でこちらを見てくれている。

「美那子から聞いたんだ。雄大くんがわたしのこと、すごく探してくれてたって。うれしかった……ありがとう」

ぺこっと頭を下げると、雄大くんは「あ、いや」とか「そんな、別に」とか口ごもった。お礼を言われているのに、たじたじするなんて彼らしい。初めて話したときと変わらず、わたしたちの会話はやっぱりぎこちない。

『雄大くん、まじめに環のこと想ってるよ』

美那子の言葉を、ふと思い出した。わたしは急に恥ずかしくなった。

「じゃあ、ね」

会話を切り上げて踵を返し、自転車のスタンドを戻した、そのとき。

「あのさ！」

初めて、雄大くんの大声を聞いた。驚いて振り向くと、彼の顔は火照ったような色をしていた。

「俺、小林さんのこと好きなんだ」

ガチャンッ、と足元で音が響く。喉の奥から変な声がもれた。倒れた自転車もそのままに、わたしはでくの棒のように固まってしまう。

雄大くんが咳ばらいをして、言葉を続けた。

「N県で小林さんが行方不明になったとき、もし二度と会えなくなったらって、すごい怖かった。だから俺、次に会ったら後悔しないように、真っ先に伝えるって決めてたんだ」

口数の少ない彼が、必死に言葉を紡いでいる。後悔したくない、その一心で自分の殻を打ち破っている。

「だから……俺と友達になってくださいっ！」

を詰めて――。

弾丸《だんがん》がぶちこまれた、ような気がした。彼のあまりの真剣さに、わたしは思わず息

それから、豪快に吹き出した。

「えっ、なんで笑うの小林さん」

「ごめん、だって雄大くん、決闘でも申しこむような剣幕で言うから」

「け、決闘？」

柄にもなくすっとんきょうな声を出して、雄大くんがあわてている。初めて見るそんな姿に、クスクス笑いながらわたしは言った。

「こちらこそ、お願いします。友達になってください」

瞬間、彼の顔に光が射すように、笑顔が咲いた。

……ああ、こんな風に笑うんだ、雄大くんって。

いいな。いい笑顔だな。

そう思った自分にびっくりしたけど、うれしくも感じた。

「あー、ミツキちゃんのお兄ちゃんが告白してるー！」

突然、甲高い園児の声が響き、わたしと雄大くんは飛び上がった。

「本当だ、告白、告白ー！」

「がんばれー！」

男の子も女の子もわらわら集まってきて、雄大くんに集中攻撃を始める。最近の保育園児は、大人顔負けのおませらしい。

「ミツキちゃんのお兄ちゃん、この人のこと好きなんだー！」

「こ、こらっ！　大声で言うな！」

顔を真っ赤にする雄大くんと、騒ぎ立てる園児たち。その様子を見ながら、ふと、胸に違和感が芽生えた。

なんだろう……これ。なんの違和感だろう。しばらく考えを巡らせて、ピンときた。

そうか、名前だ。

『うん、ちゃんと着いたよ。ナオはどう？　泣いてない？』

冬休み、N駅で自宅に電話をかけた雄大くんは、たしかそう言っていたんだ。

「……妹さんの名前って、ナオちゃんじゃなかったっけ」

思わず尋ねると、雄大くんは唇を「え？」の形にした。

それから、理解したように「ああ」と微笑んで、スマホを取り出した。

「ナオは、こいつだよ」

手渡されたスマホの画面に、わたしは目を落とす。

衝撃が、全身を走った。ばらばらのパズルのピースが一瞬にして集まった気がして、鳥肌がたった。

そこには一匹の愛らしい犬が映っている。クリーム色の毛。つんと尖った鼻。まんまるの黒い瞳――。

「こいつ、直太朗ジュニアっていう長い名前だから、ナオって呼んでるんだ。めちゃくちゃ甘えん坊でさ」

「直太朗、って……もしかして、N県のサユリさんちの？」

「え？　そうだけど、なんで小林さんが知ってんの？　サユリさんは親戚だから、直太朗の子が産まれたのをもらったんだけど」

こんな偶然ってありえるんだろうか。ノアと血を分けた直太朗くんの子が、雄大くんの家にいる。

そして、その雄大くんに、わたしはこうして出会った。

偶然と呼ぶには奇遇すぎて、まるで誰かが奇跡を起こしたような――。

そう思った瞬間、涙が堰《せき》を切ったようにあふれ出した。

「えっ、小林さん、どうしたの!?」

「ごめ……っ」

なんでもない、と言いたかったけど、喉が震えて声にならなかった。

ノア、君はやっぱり、いたずらっ子だね。まさかこんな奇跡まで用意していたなんて……。

「小林さん、大丈夫？」

雄大くんが心配そうにわたしの顔をのぞきこむ。

早く泣き止まなくちゃ。泣き止んで、雄大くんに何か言わなくちゃ。そう思っているのに、感情の波が次から次へと押し寄せて、涙が止まらない。

そのときふいに。やさしい声が、風に乗って鼓膜を揺らしたんだ。


――笑って。僕の大好きなひと。


そっと涙をふくように、風が肌をなでてゆく。それは木の葉をさらさらと揺らし、どこへともなく消えていった。

わたしは顔を上げ、濡れた頬をぬぐうと、精いっぱいの笑顔で雄大くんに答えた。

「うん、ありがとう……大丈夫」

わたしはもう、大丈夫。

クリーム色のしっぽが、どこかでふわふわと揺れた気がした。

END

あとがき

こんにちは。十和です。

このたびは『笑って。僕の大好きなひと。』をお読みいただき、ありがとうございます。

わたしが執筆活動を始めて、今年でちょうど十年が経ちました。そして、この本が十作目の書籍化作品となります。そんな思い入れのある一冊をこうして手に取っていただけたことに、大きな喜びを感じます。

主人公のタマは、特別不幸なわけじゃないけど絶望している高校生。片想いの相手や友達、そして家族、まわりのせいで自分は苦しいんだ、と思いこんでいます。

そんな彼女が七日間の奇跡を体験し、自分の〝本当の気持ち〟を見つけていく過程を描きたいと思いました。

多くの人が、嫌なことが起きるとつい他人や環境のせいにして、ねじれた世界を作ってしまうことがあるんじゃないかと思います。わたし自身もそうです。

だけど、大切なものは外側ではなく内側にあるのだと知ることで、目に映る世界はちょっとずつ変わっていく。そして、まわりの人や環境に感謝したくなる……。

そんな温かい気持ちを読後に感じていただけたなら、とてもうれしいです。


この作品を出版するにあたり、たくさんの方々に支えられました。

デビューからずっとお世話になっているスターツ出版の皆様。的確なアドバイスで導いてくださった担当の森上様。ご尽力いただいたすべての方に感謝いたします。ありがとうございました。

それから個人的な想いではありますが、今年の五月に天国へと旅立ち、この作品を執筆する動機と勇気を与えてくれた最愛の愛犬の天々、ありがとう。

そして何より、タマとノアに出会ってくださった読者の皆様、本当にありがとうございました。

未熟なわたしが十年も活動を続けてこられたのは、応援してくださる方々がいたからです。

これからもマイペースに、けれど心をしっかりとこめて物語を生んでいくことで、皆様への恩返しになればと願っております。

二〇一六年十二月　十和

この物語はフィクションです。実在の人物、団体等とは一切関係がありません。

十和先生へのファンレターのあて先
〒104-0031　東京都中央区京橋1-3-1　八重洲口大栄ビル7F
スターツ出版（株）書籍編集部 気付
十和先生

笑って。僕の大好きなひと。

2016年12月28日　初版第1刷発行

著　者　　十和　©Towa 2016

発 行 人　松島滋
デザイン　西村弘美
D T P　久保田祐子
編　集　　森上舞子
発 行 所　スターツ出版株式会社
〒104-0031
東京都中央区京橋1-3-1　八重洲口大栄ビル7F
TEL　販売部　03-6202-0386（ご注文等に関するお問い合わせ）
URL　http://starts-pub.jp/
印 刷 所　大日本印刷株式会社

Printed in Japan

ISBN　978-4-8137-0189-7　C0193

スターツ出版文庫　好評発売中!!

『夕星の下、僕らは嘘をつく』　八谷《はちや》 紬《つむぎ》・著

他人の言葉に色が見え、本当の気持ちがわかってしまう――そんな特殊能力を持つ高２の晴は、両親との不仲、親友と恋人の裏切りなど様々な悲しみを抱え不登校に。冬休みを京都の叔母のもとで過ごすべく単身訪ねる途中、晴はある少年と偶然出会う。だが、彼が発する言葉には不思議と色がなかった。なぜなら彼の体には、訳あって成仏できない死者の霊が憑いていたから。その霊を成仏させようと謎を解き明かす中、あまりにも切ない真実が浮かび上がる…。

ISBN978-4-8137-0177-4 ／ 定価：本体620円＋税

『天国までの49日間』　櫻井《さくらい》千《ち》姫《ひめ》・著

14歳の折原安音は、クラスメイトからのいじめを苦に飛び降り自殺を図る。死んだ直後に目覚めると、そこには天使が現れ、天国に行くか地獄に行くか、49日の間に自分で決めるように言い渡される。幽霊となった安音は、霊感の強い同級生・榊洋人の家に転がり込み、共に過ごすうちに、死んで初めて、自分の本当の想いに気づく。一方で、安音をいじめていたメンバーも次々謎の事故に巻き込まれ――。これはひとりの少女の死から始まる、心震える命の物語。

ISBN978-4-8137-0178-1 ／ 定価：本体650円＋税

『そして君は、風になる。』　朝霧《あさぎり》 繭《まゆ》・著

「風になる瞬間、俺は生きてるんだって感じる」――高校１年の日向は陸上部のエース。その走る姿は、まさに透明な風だった。マネージャーとして応援する幼なじみの柚は、そんな日向へ密かに淡い恋心を抱き続けていた。しかし日向は、ある大切な約束を果たすために全力で走り切った大会後、突然の事故に遭遇し、柚をかばって意識不明になってしまう。日向にとって走ることは生きること。その希望の光を失ったふたりの運命の先に、号泣必至の奇跡が…。

ISBN978-4-8137-0166-8 ／ 定価：本体560円＋税

『夢の終わりで、君に会いたい。』　いぬじゅん・著

高校生の鳴海は、離婚寸前の両親を見るのがつらく、眠って夢を見ることで現実逃避していた。ある日、ジャングルジムから落ちてしまったことをきっかけに、鳴海は正夢を見るようになる。夢で見た通り、転校生の雅紀と出会うが、彼もまた、孤独を抱えていた。徐々に雅紀に惹かれていく鳴海は、雅紀の力になりたいと、正夢で見たことをヒントに、雅紀を救おうとする。しかし、鳴海の夢には悲しい秘密があった――。ラスト、ふたりの間に起こる奇跡に、涙が溢れる。

ISBN978-4-8137-0165-1 ／ 定価：本体610円＋税

スターツ出版文庫　好評発売中!!

『青空にさよなら』　実沙季《みさき》・著

高校に入学して間もなく、蒼唯はイジメにあっているクラスメイトを助けたがために、今度は自分がイジメの標的になる。何もかもが嫌になった蒼唯が、自ら命を絶とうと橋のたもとに佇んでいると、不思議な少年に声を掛けられた。碧と名乗るその少年は、かつて蒼唯と会ったことがあるというが、蒼唯は思い出せない。以来、碧と対話する日々の中で、彼女は生きる望みを見出す。そしてついに遠い記憶の片隅の碧に辿り着き、蒼唯は衝撃の事実を知ることに——。

ISBN978-4-8137-0154-5 ／ 定価：本体560円＋税

『放課後美術室』　麻沢《あさざわ》 奏《かな》・著

「私には色がない——」高校に入学した沙希は、母に言われるがまま勉強漬けの毎日を送っていた。そんな中、中学の時に見た絵に心奪われ、ファンになった“桐谷遥”という先輩を探しに美術室へ行くと、チャラく、つかみどころのない男がいた。沙希は母に内緒で美術部に仮入部するが、やがて彼こそが“桐谷遥”だと知って——。出会ったことで、ゆっくりと変わっていく沙希と遥。この恋に、きっと誰もが救われる。

ISBN978-4-8137-0153-8 ／ 定価：本体580円＋税

『きみと、もう一度』　櫻《さくら》いいよ・著

20歳の大学生・千夏には、付き合って1年半になる恋人・幸登がいるが、最近はすれ違ってばかり。それは千夏がいまだ拭い去れないワダカマリ——中学時代の初恋相手・今坂への想いを告げられなかったせい。そんな折、当時の親友から同窓会の知らせが届く。報われなかった恋に時が止まったままの千夏は再会すべきか苦悶するが、ある日、信じがたい出来事が起こってしまい…。切ない想いが交錯する珠玉のラブストーリー。

ISBN978-4-8137-0142-2 ／ 定価：本体550円＋税

『あの日のきみを今も憶えている』　苑水《そのみ》真茅《まち》・著

高２の陽鶴は、親友の美月を交通事故で失ってしまう。悲嘆に暮れる陽鶴だったが、なぜか自分にだけは美月の霊が見え、体に憑依させることができると気づく。美月のこの世への心残りをなくすため、恋人の園田と再会させる陽鶴。しかし、自分の体を貸し、彼とデートを重ねる陽鶴には、胸の奥にずっと秘めていたある想いがあった。その想いが溢れたとき、彼女に訪れる運命とは——。切ない想いに感涙！

ISBN978-4-8137-0141-5 ／ 定価：本体600円＋税

スターツ出版文庫　好評発売中!!

『あの花が咲く丘で、君とまた出会えたら。』　汐《しお》見《み》夏《なつ》衛《え》・著

親や学校、すべてにイライラした毎日を送る中2の百合。母親とケンカをして家を飛び出し、目をさますとそこは70年前、戦時中の日本だった。偶然通りかかった彰に助けられ、彼と過ごす日々の中、百合は彰の誠実さと優しさに惹かれていく。しかし、彼は特攻隊員で、ほどなく命を懸けて戦地に飛び立つ運命だった——。のちに百合は、期せずして彰の本当の想いを知る…。涙なくしては読めない、怒濤のラストは圧巻！

ISBN978-4-8137-0130-9 ／ 定価：本体560円＋税

『一瞬の永遠を、きみと』　沖田《おきた》 円《えん》・著

絶望の中、高1の夏海は、夏休みの学校の屋上でひとり命を絶とうとしていた。そこへ不意に現れた見知らぬ少年・朗。「今ここで死んだつもりで、少しの間だけおまえの命、おれにくれない？」——彼が一体何者かもわからぬまま、ふたりは遠い海をめざし、自転車を走らせる。朗と過ごす一瞬一瞬に、夏海は希望を見つけ始め、次第に互いが“生きる意味”となるが…。ふたりを襲う切ない運命に、心震わせ涙が溢れ出す！

ISBN978-4-8137-0129-3 ／ 定価：本体540円＋税

『最後の夏-ここに君がいたこと-』　夏原《なつはら》 雪《せつ》・著

小さな田舎町に暮らす、幼なじみの志津と陸は高校3年生。受験勉強のため夏休み返上で学校に通うふたりのもとに、海外留学中のもうひとりの幼なじみ・悠太が突然帰ってきた。密かに悠太に想いを寄せる志津は、久しぶりの再会に心躍らせる。だが、幸福な時間も束の間。悠太にまつわる、信じがたい知らせが舞い込む。やがて彼自身から告げられた悲しい真実とは…。すべてを覆すラストに感涙！

ISBN978-4-8137-0117-0 ／ 定価：本体550円＋税

『さよならさえ、嘘だというのなら』　小《お》田《だ》真《ま》紗《さ》美《み》・著

颯大の高校に、美しい双子の兄妹が転校してきた。平和な田舎町ですぐに人気者になった兄の海斗と、頑なに心を閉ざした妹の凪子。颯大は偶然凪子の素顔を知り、惹かれていく。間もなく学校のウサギが殺され、さらにクラスの女子が何者かに襲われた。犯人にされそうになる凪子を颯大は必死に守ろうとするが…。悲しい運命に翻弄された、ふたりの切ない恋。その、予想外の結末は…？

ISBN978-4-8137-0116-3 ／ 定価：本体550円＋税